索思悟语

巴特尔 著

内蒙古人民出版社

图书在版编目（CIP）数据

索思悟语 / 巴特尔著. -- 呼和浩特：内蒙古人民出版社, 2022.1

ISBN 978-7-204-16982-5

Ⅰ.①索… Ⅱ.①巴… Ⅲ.①散文集–中国–当代 Ⅳ.①I267

中国版本图书馆 CIP 数据核字(2021)第 255245 号

索思悟语

作　　　者	巴特尔	
责 任 编 辑	王世喜	
封 面 设 计	刘那日苏	
责 任 校 对	李向东	
责 任 印 刷	王丽燕	
出 版 发 行	内蒙古人民出版社	
地　　　址	呼和浩特市新城区中山东路 8 号波士名人国际 B 座 5 楼	
印　　　刷	内蒙古爱信达教育印务有限责任公司	
开　　　本	787×1092　1/32	
印　　　张	7	
字　　　数	150千	
版　　　次	2022年 1 月第一版	
印　　　次	2022 年 3 月第 1 次印刷	
印　　　数	1–5000 册	
标 准 书 号	ISBN 978-7-204—16982-5	
定　　　价	39.80 元	

如发现印装质量问题，请与我社联系。

联系电话：(0471)3946230

网址:http://www.nmgrmcbs.com

目　录

晚年是思考的韶华

——小序巴公最新短语集《索思悟语》

■ 张阿泉

去年三月,我在巴公新著《尔雅心语》书前写过一篇《生长的短语》,那文章结尾说:"小序一篇,聊记拉杂细碎读感,并再续我与巴公之间难得的'序缘'。"时隔一年半多,我又有幸与巴公继续"再续序缘",真可谓缘分不浅。

关于巴公的短语写作,我在之前所写的四篇篇幅均不短的序言中曾做过比较深入的探讨,这里就不再赘述了。近十几年小二十年来,巴公总是不厌倦地写短语,并连续出版了十多本短语集(包括这本最新的《索思悟语》),我想其背后的动力就是"爱思考",而短语恰好是他习惯使用的抒写样式(尽管这已是很老派、很老套的样式)。巴公常把自己晚年的短语写作比喻成"一个思想者的远行"，我觉得这更像"一个思想者的回归"，是"通过远行的方式回归"——这些唠家常似的、通俗浅近的短语，本质上不是对别人居高临下的教导和训诫，而是一种"喃喃自语""自我剖析"，归纳总结的都是源于一己一心的阅世经验、处事顿悟以及价值取向。

人生为什么需要不断思考？因为"我思故我在"（笛卡尔语），因为"未经审视的生活是不值得过的"（苏格拉底语）；人生的晚年为什么特别适合思考？因为"人生的见识通常只是在人生迟暮之时才能摘取的果实，或是需经岁月磨洗才能逐渐沉淀的菁华"（叔本华语），因为"童年的稚弱、青年的激情、中年的稳健、老年的睿智都有某种自然优势，人们应当适合时宜地享用这种优势"（西塞罗语）。记得巴公六七年前出版的《随心所语》《若有所思》两书封面都不约而同地采用了大树参天、果叶满枝的意象，暗合了生命之树的"春华秋实""瓜熟蒂落"。我想，巴公在短语写作上的掘进与迭出，正是顺应自然天命，享用了"老年的睿智"优势，属于另一种意义上的"不负韶华"。

老年的确是思考的韶华，而短语也的确是表达

人生况味

人生
既要立志
且志存高远
更要争气
且气宇轩昂
如此方可快速成长
继而成才
终将成器

人生,既应立志,且志存高远,更要争气,且气宇轩昂,如此方可快速成长,继而成才,终将成器。

人生,有一种美好是:用无愧回忆过往,用追求珍惜当下,用希望憧憬未来。

人生,贵有精神。因为,凡有追求并为之拼搏和奋进的人,都有一种强大的精神支撑,而这一精神即是用之不竭的力量之源。

人生,如果播撒的是自强,那么辛勤耕耘就是拼搏,最终收获的硕果必然是成功。

人生,有知是一种境界。诸如:知晓而后知觉,知觉而后知悟。

人生,追求在哪里,希望就在哪里;希望在哪里,挑战就在哪里;挑战在哪里,成功就在哪里。

人生,没有追求和向往当然不好,而总是改变则会更糟,如此反复无常,其既定理想和目标的实现则会难上加难。

人生，勇于担当，敢于挑战，方可超越。其事实和经验是：只有超越痛苦，痛苦才会变为财富；只有超越孤寂，孤寂才会成为深谋；只有超越幼稚，幼稚才会走向成熟；只有超越愚昧，愚昧才会萌生智悟。

人生，当自律成为一种自觉，自觉成为一种自持，并持之以恒，坚持不懈，方可安居乐业和安身立命。

奋勇赶超他人，其展现的只是出色；
奋斗超越自我，其实现的则是精彩。

人生，静以修身，其静是一种谐美，诸如：安静而宁，清静而平，镇静而定，文静而怡，娴静而雅。

人生，既要有信仰和方向，更应有远见和卓识——其信仰即理想，方向即目标，远见即追求，卓识即智慧。

须靠脚踏实地的践行。

人生加减法：
当自信增加的同时，自卑就会减少；
当自尊增加的同时，自贱就会减少；
当自谦增加的同时，自傲就会减少；
当自强增加的同时，自弃就会减少；
当自爱增加的同时，自怨就会减少……

人生，要想活得无怨，就得自强；要想活得无悔，就得奋进；要想活得无愧，就得有为。

人生，心灵的充实必要，精神的焕发更加重要。否则，寂寞久了，则会无聊；无聊久了，则会枯燥；枯燥久了，则会烦恼；烦恼久了，则会沮懊……

人生，机遇只青睐奋进的人，而成功则只拥抱攀高的人。

人生，若论成败，其志者的丰功有时是反败为胜；若论安危，其强者的伟绩有时是转危为安；而若论得失,其智者的道义则往往是失而后得。

人生,面对成败,其功败垂成值得珍惜,而反败为胜更值得珍重。

人生,如若建功立业,而且功成名就,其对社会的贡献可谓功不可没,当然生命的意义也因此而不同凡响。

人生,自己是自己,他人是他人,其只有在真正做好自己的同时,既能将心比心,还能换位思考,如此方可共情、共通、共融和共生。

人生,与别人的幸运相比,能真正战胜自己的,才是令人折服的强大。

人生,为什么要上进,是为了进取;为什么要努力,是为了力争;为什么要坚强,是为了强大……如此,才会既不忘初心、更不辱使命。

人生,有赢有输,这是现实。但无论输赢是多是少,其理想的境况是:赢要赢得争气,输要输得服气。

人生输赢,因人而异:有人输给自以为是,有人赢在自知之明;有人输给自暴自弃,有人赢在自强自立……

人生,就一生而言输不起,但要想真正成为最后的赢家,有时该认输的时候就认输,该服输的时候就服输,但重要的前提是从不怕输。

人生,得失本无常,往往互为因果。故智者得之淡然;觉者失之坦然。

人生有时得意,可能是由自己的一再成功而缘起;人生有时失意,抑或是面对他人的一时成功而萌生。而正确的人生境况应该是:既不该患得患失,更要忌得不偿失。

人生之路种种:
一般情况是,多为自己寻找出路,出路就是前路；

　　特殊情况是，有时不得不留后路，后路也是生路。

　　人生，既有来路，但更有前路，故每个人怎样走好自己的路必须牢记：一是路在脚下，二是路在前方，三是路在路上。如此一路前行，从不止步，脚下便是康庄大道。

　　面对非议，可以做到淡定；
　　面对争议，可以做到从容——
　　如此，人生之路，则会走得更稳，行得更远。

　　人生，心志决定意志，意志决定斗志。而心志如何，其最佳境况是：一心气要高，二心力要强，三心胸要宽，四心胆要壮，五心神要定。如此方为志士仁人，方可斗志昂扬。

　　人生，如果志气不衰，意志决不会败；如果意志不败，志向决不会改；如果志向不改，所向则会披靡。

人生平凡,故要常怀平常心,而且只要平而不庸和凡而不俗,并能保持常态,就总会有超凡脱俗的时候。

人生,只有简简单单,才会活得坦坦荡荡;只有清清正正,才会活得明明白白;只有实实在在,才会活得真真率率。

人生,简单的经历和丰富的经验相比,只有在面对重大事件和突发变故时,才会立即显现出差别。

人生,对各种美好事物的欣赏:有时只是一种钟情,有时是一种情境,有时则是一种境界。

人生,作为认知,有一种境况是:有许多事必须看开,但不一定看破;而另一种境界是:有些事一旦看破,但决不说破。

人生,装点明天,要用今天的奋发;书写未来,要凭当下的奋进。如此,则不虚此生。

人生,当只有是真实的自己时,才不会在意别人怎么看;而当真正成为自己的主宰时,则更不会在意别人怎么说。

人生,任重道远,故必然负重前行,而且只有行将致远,方可不负众望。

人生,最难兑现的承诺是如何做人,而最难践行的诺言是做怎样的人。

人生,总有许多等待的时刻,但更多的时候是,等决不能坐等,否则会坐失良机,甚至坐以待毙。

人生,如果说得多,干得少,则会失信,并因失信而失敬;而如果说得不着调,干得不靠谱,则会失实,并因失实而失德。

美好人生,都会有一个美丽的梦想,其只有思想深谋远虑、高瞻远瞩和精神顽强坚定、坚韧不拔,美梦才会实现。

人生有度，凡事不走极端，其恰到好处可以说是完好，其恰知其分可以说是正好。

人生如炬，故信仰使生命闪亮，追求使生命发光，奉献使生命辉煌。

人生如季，该播种时播种，该耕耘时耕耘，该收获时收获。否则，无论错过了哪个季节，都不会有丰收的喜庆。

人生如戏，故每个人都是戏中的角色，其只有本色出演，而不逢场作戏，方可有真实感人和生动出色的表现。

人生如博弈，既要有智谋，又应有攻略，其要谨防的是举棋不定，而更当切记的是落子无悔。

人生漫长，其有始有终，才算完满，而善始善终，则是美满。

人生追求，有两大谬误：

其一，求无所求；

其二，无所不求。

人生有追求，就要负重前行。其"重"，既是重担，故应有担当，亦是重任，故任重道远。

人生得志，只有清醒，才不会自鸣得意，更不会得意忘形；

人生失意，只要镇定，则不会因小失大，更不会顾此失彼。

人生的悲喜，不仅仅在于心里装有多少苦乐，而更在于以什么样的心态调适和以怎样的心境解悟。

如果人生是一条奋进追求的远行之路，起点不应迷惘，中途不应彷徨，终点不应忧伤，否则，追求就是妄谈，远行更是奢望。

人生拼搏,但并不是每一搏都会赢的,故只有学会了认输而又决不甘心服输,才会有先输后赢的胜局。

人生得失成败,有时只在一念之间,但有一种情况是:对志者的人生而言,即使错失也会失而复得,即使误败也会反败为胜。

有为人生,艰难给予我们的是自信,危难给予我们的是勇气,磨难给予我们的是坚强,疑难给予我们的是智慧。

志者人生,只要清醒,则有信心;只要进取,则有践行;只要坚初,则有精神;只要成功,则有憧憬。

智悟人生,有所作为是起始目标,大有作为是远大理想,而有所为有所不为则是最高境界。

人生淡定,笑看风云变幻;人生豁达,笑对成败得失——如此,方可身心自在和心神愉悦。

面对多变的人生境况，智者的智识有三：要么处变不惊，要么以变应变，要么以不变应万变。

坎坷而充实的人生，其可能面临的问题，从来不会是单一的，而其中所面对的难题，更不会是单纯的。

所有平凡的人生，虽被誉之一砖一瓦一石，但平凡而不平庸。故作"砖"时就做引玉之砖，做"瓦"时就做梁上之瓦，做"石"时就做奠基之石。

人生有许多游戏规则，但反转来游戏人生则是所有规则中最大的禁忌。

恣意人生，当断则断，诸如投鞭断流；
执意人生，当舍则舍，诸如舍生取义；
失意人生，当弃则弃，诸如弃旧图新。

成熟的人生，磨杵成针；
成器的人生，点铁成金；
成功的人生，成竹在胸。

人生贵有情怀，其情深意浓更应珍惜。诸如：
同是怀想，有的却是追想；
同是怀念，有的却是挂念；
同是怀恋，有的却是眷恋。

人生进取，敢字当头——
其敢说，但决不胡说；
其敢干，但决不蛮干；
其敢作，但决不胡作；
其敢为，但决不乱为。

人生短暂，怎么度过一定要清醒：只说该说的，而且要好话好说，能做该做的，而且要好事做好，如此才不会给自己留憾。

人生无助，如若忧虑迷惘，其结果必然落寞；
人生无奈，如若惆怅迷茫，其后果自然落泊。

人生只有一次，无论其长短，只有活出自我，活好当下，并造福人类，奉献社会，才不枉此生。

人生亦长亦短，认知因人而异，有诗为证："志者觉日短，愁人知夜长。"故志者因其短而倍加珍惜，而愁人因其长而不觉珍贵。

共情的人生，是对曾经感动过的事不忘感怀，更是对曾经感怀过的人不忘感恩。

清醒的人生是：不仅知道自己该说什么，该说给谁听，更知道自己能做什么，能做好什么。

乐活的人生有时是：
当伤感的时候，能尽量保持乐观；
当伤痛的时候，能极力持守达观。

人生执著有时是：
不回眸，向前看，风光无限；
不回头，向前走，大路朝旧。

人生有一种情况是：面对我们曾经误解过的人，应该把歉疚藏于心，而面对我们曾经误伤过的人,则必须把愧疚当下说出口。

人生美丽的画卷,所以有彩虹飞舞,是因为曾经从风雨和泥泞中走过。

古诗云:"春蚕到死丝方尽,蜡炬成灰泪始干。"(唐·李商隐)由此而感,人生面对蚕与烛的可敬,既要有蚕与烛的无私品格,更应有蚕与烛的奉献精神。

心神安宁,人生则会和悦;
神情安逸,人生则会和顺;
情境安适,人生则会和畅。

面对奋发的人生,魅力是奋力的见证;
面对有为的人生,赞誉是信誉的实证。

信念不改,是对人生理想的忠贞;
信心十足,是对人生向往的坚定。

学会忘记,只是人生的聪颖;

难得糊涂,则是人生的智慧。

"舍生取义",作为一种抉择,其反映出的是一个人的节操和境界。若人生如此,可谓灵魂伟大、精神不朽!

疏离高低贵贱的纠结,却怀揣得失成败的考量,这样的人生,既轻松,又严肃,故值得倡导和规范。

坚信是信念的坚定,坚强是强劲的坚韧,坚毅是毅力的坚持。故此,即使面对再多的艰难险阻,只要披坚执锐,即可有坚苦卓绝的人生。

从无到有,是人生不懈追求的跨越;
从有到优,是人生拼搏奋进的穿越。

由勤劳而勤奋,由勤奋而勤勉,人生只有在辛勤的不懈努力中才会邂逅更优秀的自己。

没有经受苦难磨炼的人生,一定是凡俗的;

没有经历危难锤炼的人生，一定是平庸的。

在经受吃苦耐劳种种考验中，只有吃的苦越多越大和耐的劳越繁越重，才可能会有劳苦功高的人生。

虽然历经千难，饱受万险，但只要志向不改，志气不衰，其曾经的艰难险阻经历必将为精彩的人生添彩。

期盼，既有美好的期待，又有热切的盼望，而人生的种种期盼，只有在不懈的奋力追求和顽强拼搏中才会实现。

怀有崇拜的信仰，拥有崇尚的思想，具有崇奉的精神，其最终才会有令人尊崇的人生。

心地无私，心灵无疾，心境无染——如此人生，方可淡泊明志，宁静致远。

俗话说：人性实，火性虚。故说老实话，办老实事,做老实人,应当成为人生的座右铭。

以真诚待人,以诚信服人。如此人生,真诚是做人的品性,诚信是为人的品格。

人品讲究素养,素养说明素质。故素性做人,安之若素,可谓素昧人生。

有心人,牢记他人的好心;
有情人,不忘他人的真情——
如此,才会有感恩的人生。

爱憎分明,其爱要爱得无私,憎要憎得无畏,方可有双赢的人生。

有人看重活得有模有样,有人注重活得有滋有味,其二者有时统一,有时对立,而人生的艺术则是在对立统一中活出真我。

俗话说:"小不忍则乱大谋。"故人生有时面对鄙视,有时面对嘲讽,有时面对误解……其最良好的心态就是选择保持沉默。

既然历史从来不会止步,那么我们的人生征途就决不能犹疑徘徊,当然更不能半途而废。

容人之错,有时是将错就错;纵己之错,往往是错上加错。人生,无论宽以待人,还是严于律己,都不能一错再错。

得意的人生绝不该得宠,因为容易恣肆放任,一意孤行;

失意的人生绝不该失落,因为容易垂头丧气,一蹶不振。

愚拙之人,生性糊里糊涂,故不仅误事,更难成事。而真正的智慧人生,无论何时,都既不会被别人气糊涂,更不会自己犯糊涂。

自轻,人生必然失落;

自卑,人生必然失意;

自弃,人生必然失败。

故人生不能没有追求，而追求则必须自信、自强、自立。

"向死而生"，是每个人都知道的常理；
"死而后生"，是英雄豪杰启悟的真理。

向善而生，求真而活——如此人生，像大地一样无私，像阳光一样灿烂。

春花秋月，是自然的美景，必须观赏；
春华秋实，是人生的愿景，应该赞赏。

正直不会随便低头，刚直不会轻易弯腰，忠直不会卑躬屈膝——人生如此，方可意气风发，血气方刚，豪气冲天。

没有谁比谁更幸运，只有谁比谁更奋进、更执着、更坚韧、更努力……只有如此，人生才会改变命运，时来运转。

只知抱憾，不会成长，更不会成熟；而一味抱怨,不知感激,更不懂感恩——人生如此,其痛悔中不乏愧疚,而愧疚中更多痛悔。

有平原,当然也有高原;有高原,当然也有高山;而有高山,才会有山峰;有山峰,才会有峰巅——大自然如此,人生又何尝不是。

失言就是失信,失实就是失真,失尊就是失敬,失德就是失操,失势就是失策……故忽视过失,轻视迷失,无视丧失,人生则会大失所望。

身体虚弱,令人惋惜;心志怯弱,令人叹惜。故身心俱健,方可有乐观向上和有所作为的人生。

心情,寂寞可能无聊;心境,无聊一定无趣;而人生,既无聊又无趣,必然无所作为。

人生,为什么要有思想,因为总会面对各种困惑的考问;

生命,为什么要有精神,因为总会面对各种诱惑的考验。

人生,无论思想远行,还是精神屹立,其既是与灵魂的共情,更是对生命的敬畏。

人生学养,勤学苦读,方可心领神会;
生命涵养,冥思苦想,方可心驰神往。

生命,欲持修其性者,必先立其德;
人生,欲怡养其心者,必先正其行。

信仰、信念、信心,是生命绽放之魂魄;
追求、追逐、追赶,是人生超越之气度。

人生,品性端,操行正;
生命,志气高,意志坚——
如此方可始而有所作为,终将大有作为。

人生,没有知识,何谈见识;没有见识,何谈卓识;
生命,没有毅力,何谈魄力;没有魄力,何谈魅力!

人生，知难而进，方可排忧解难；
生命，临危不惧，方可转危为安。

人生，心灰意懒是心态最糟的境况；
生命，踌躇满志是心志最佳的境界。

人生发光，是为生命添彩；
生命辉煌，是为人生礼赞！

人生的意义，有一种昭示着思想的远行；
生命的价值，有一种昭告着精神的不朽。

人生的价值，是在创业中提升的；
生命的意义，是在创新中升华的。

人生，如果失去了追求，向往则变得渺茫；
生命，如果失去了憧憬，理想则变得迷惘。

人生，万念俱灰是心气最糟的状况；
生命，踌躇满志是心境最佳的状态。

人生立言,应言为心声,决不可言不由衷;
生命约言,要言而有信,决不可言近旨远。

人生,能排解忧虑的是坚守和自信;
生命,能战胜忧患的是坚定和自强。

人生,既无私又无畏,既不骄又不躁,故值得敬仰;
生命,既坚定又坚韧,既自立又自强,故值得仰慕。

人生,如果知识就是力量,那么思想就是力量之魂;
生命,如果知识改变命运,那么精神就是命运之魂。

人生,不失明智,则不犯傻;
生命,不失尊严,则不犯贱。

人生,如果没有自信,当然不会取信于人;

生命,如果没有自尊,必然只会屈尊于人。

人生,删繁就简,才会活出简朴、简约;
生命,去伪存真,才会活得真实、真诚。

人生,最大的奢侈无过于对时光的耗费;
生命,最大的奢靡无过于对岁月的挥霍。

人生,不知惋惜方显幼稚,而不懂珍惜则更显愚稚;
生命,没有抱憾方为可贵,而没有缺憾则更为珍贵。

人生,心态决定心胸,故心态平和才会心胸豁达;
生命,气度决定气势,故气度恢宏才会气势磅礴。

人生,良知应该有多贤良,在患难中最清醒;
生命,良心应该有多善良,在临危时最清醒。

人生,独善其身、安身立命是一种修养的品德;
生命,奋不顾身、舍身报国是一种修为的美德。

人生,忘我是人格的完善;
生命,舍我是人性的向善。

人生有节操,故不可偷闲,更不能偷安;
生命讲操行,故不可苟且,更不能苟活。

人生,有时小的改变,只需调整一下角度即可;
生命,有时大的调整,必须改变经度纬度才行。

人生,收放自如,因为有节、有制;
生命,张弛有度,因为自戒、自律。

人生的价值,是在不断地奋进和开拓中提升
的;
生命的意义,是在不断地创新和奉献中升华
的。

人生的意义,有一种卓见是思想的远行;

生命的价值,有一种卓识是精神的不朽。

人生的意义和生命的价值在于竭诚进取和无私奉献,不然,没有进取的人生是苍凉的,而没有奉献的生命更是苍白的。

人生,不能没有信念,但更重要的是必须坚定;
生命,不能没有信仰,但更重要的是必须坚守。

人生是需要设计的,但决不能短视,只凭权宜之计;
生命是必须评价的,但决不能姑息,任凭讨价还价。

人生,要想被他人赞许,首先得自己学会谦虚;
生命,要想被他人尊崇,首先得自己学会自重。

人生苦短,所以一定要珍惜;生命属于人只有一次,所以一定要善待。

人生有为,业精于勤;

生命有成,天道酬勤。
故勤奋,必须奋进;勤勉,必须奋勉。

初心不改的人生,生命才会无怨无悔;
初衷不变的生命,人生才会无憾无愧。

没有追求和挑战,就不会有壮观的人生;
没有思想和精神,就不会有壮美的生命。

痛苦和磨难,让追求者体悟人生;
拼搏和挑战,让奉献者感悟生命。

美好人生的美誉如何,既与其生活所呈现出的
品质有关,当然更与生命所体现出的价值相关。

刚正不阿的人生,有时刚毅,有时刚强,有时刚
劲,有时刚烈,故挺直脊梁的生命,即使身躯倒下,
也绝不会弯曲。

真正点亮生命的,首先必须有坚定的理想和信
念;而真正照亮人生的,除此还应该拥有不懈追求

和拼搏的精神。

失败的人生，作茧自缚；
精彩的生命，破茧化蝶。

由轻车熟路到驾轻就熟，是人生持度的出彩；
由从无到有到无所不有，是生命修为的精彩。

面对已知，能有真知均见，人生方可更加出色；
面对感知，能有远见卓识，生命则会更加精彩。

甘甜能与人共尝，是人生的一大快慰；
幸福能与人分享，是生命的一大欣慰。

如果人生是一部宝典，那么生命的丰富多彩就
是典藏的十万个为什么。

生命，自尊的魅力是自爱；
人生，自强的魅力是自立。

生命，只有向阳而生，才有生气，更有生机，故

方可生生不息；

人生,如若逆风而行,既要力行,更要躬行,则方可行将致远。

生命有作有为是美,人生有胆有识是美,生活有情有趣是美,其各美其美,既是美好,亦是美妙,更是美德。

生命的意义如何,是由人生的价值决定的；

人生的价值如何,是由生活的品质决定的；

生命的意义、人生的价值、生活的品质如何,又都是由心灵的境界决定的。

面对生命的丰功,权威是威望的魅力；

面对人生的伟绩,威信是信义的美誉。

面对诱惑,学会拒绝,是人生的守护；

面对诱骗,学会远离,是生命的救赎。

志气决定生命的底气,志向决定人生的导向,志趣决定生活的情趣。

心地善良的人，生命一定感人；
心理健康的人，生活一定怡人。

人生，弃恶扬善；生活，从善如流——如此，人皆向善而生，方可善行天下。

人生，故事情节生动的，其越生动越感人；
生活，故事细节奇妙的，其越奇妙越动听。

人生，较量必须较劲，如此才会劲头十足；
生活，较劲必须较真，如此才会真性执着。

人生，只有处处用心，才会事事顺心；
生活，只有时时称心，才会天天开心。

人生，以退为进，退则可以蓄势；
生活，以苦为乐，乐而可以忘忧。

人生，既有苦有乐，又苦乐不均。故生活的智术在于：既要学会放大快乐，更要学会稀释痛苦。

设计人生,要大处着眼,故须高瞻远瞩;

经营生活,宜小处入手,故须见微知著。

人生,不仅要懂得获取,还应知晓舍弃——这既是生存的常理,亦是生活的真理。

人生当然要有理想,而原本无法实现的那是幻想;

生存当然需有信念,而原本无法兑现的那是妄念。

人生,随时都会拼,有时更需要搏,如此方可有作为;

生存,有时需要争,有时更需要辨,如此方可不作伪。

人生,欲与他人较量,必须首先对自己较真;

生存,若与他人较劲,必须首先给自己鼓劲。

生活平淡,人生不一定平庸;

人生暗淡，生活则必然惨淡。

完好的生活，不仅有苦，也会有甜，特别是苦尽甘来更有滋味；

美好的人生，不仅有失，也会有得，特别是失而复得更感欣慰。

做事得当，其得心应手；处事适当，其适可而止——如此，生活境况，方可妥妥帖帖；人生境遇，则可顺顺当当。

总把简单问题复杂化，人生则会焦躁疲累；

能把复杂问题简单化，生活才会轻松愉悦。

相对于咸，淡也是一种味道；

相对于浓，淡也是一种意味。

故生活淡然，则是一种淡泊；

而人生淡定，则是一种澹远。

生活，可悲的不是没有快乐，而是有却乐不思蜀；

人生,可喜的不但拥有幸福,而且有并福至心灵。

生活中,无论自己是什么角色,其人生命运的主宰,则永远只能是自己。

生活要有趣味,就要学会调味,而不能乏味,更不能变味;

人生要有品位,就要找准定位,而不能逊位,更不能错位。

感谢生活,生活让我们解读人生;

感恩人生,人生让我们解悟生命。

生活要有情调,

人生要有品位,

生命要有格局——

如此,则不虚此生。

美好的生活,从不将就;

宝贵的生命,决不迁就;

奉献的人生，卓有成就。

无论与生活对视，还是与人生对话，还是与生命对搏，都必须当真、认真、较真。

生活，在奋勉中奋斗；
人生，在奋斗中奋进；
生命，在奋进中奋发。

生活的真谛有时是：
少一份猜疑，就多一份信任；
少一分猜嫌，就多一份信赖；
少一份猜忌，就多一份信奉。

生活，只有过得温饱，温暖才会成为温情，也只有过得温顺，温情才会成为温馨。

生活都有常态，故生存要依常规，但有时面对特殊状况，则必须打破常规，方可照常存活。

生活有滋有味，其如果是一壶酒，要能喝出它的香醇;而如果是一杯茶,则应能品出它的回甘。

生活,平平淡淡才是真,这是就本真而言,而若能同时活得不乏真性和实情,又何尝不也是一种真性情。

生活,节奏可快可慢,故懂生活的人,该快时快,其快有快的乐趣,而该慢时慢,慢亦有慢的妙趣。

生存和生活的异同:一是因生而存,一是为生而活,故存活"存"要存得务实,而生活"活"要活得踏实。

生活里,有一些事难以说清,有一些人难以看准,所以该沉默时沉默,则是一种理性,该寡言时寡言,则是一种理智。

生活里,常常会遇到"不可行"或"不可能"的情况,但志者和强者的回答却是"不,可行"和"不,可能"。

生活中,只有被冷落的人,对他人的关心才会感动;只有被轻视的人,对他人的关注才会感念;只有被淡忘的人,对他人的关爱才会感恩。

生活对能吃苦、愿吃苦并吃过苦的人的钟情和奖励是:虽苦只苦一阵子,而决不会苦一辈子。

生活太过闲散,既无章法可依,亦无规矩可循,故偷闲则会游手好闲,懒散则会一盘散沙。

有人说,生活乏味,其实往往并不是生活真的乏味,而是说乏味的人,既活得无趣,更活得无奈。

活得愉悦自在,是生活的情趣;
活得乐观自信,是生活的志趣。

他人愉悦的生活,是用来体察和感受的,而不是为了羡慕而羡慕;
自己幸福的生活,是用来体味和分享的,而不是为了欣赏而欣赏。

惯于体验生活的人,才能认知生活的真实;
惯于体察生活的人,才会总结生活的经验;
而善于体悟生活的人,则可提升生活的品位。

有烦恼不怕,快乐可以让其排解;
有忧愁不怕,幸福可以让其消解。
如此,生活才会变得既舒适又美好。

人生追求,生活进取,多一些"不但……而且
……尤其……"少一些"虽然……但是……"才是
理想的境况。

不与生活开玩笑,人生才会不被取笑;
人生不被取笑,生命才不会成为笑谈。

人生,故事情节不曲折,生命还会生动感人吗?
生活,故事细节不微妙,生命还会意蕴悠长吗?

感恩生命:
一是要珍爱人生,为人生增光;

二是要热爱生活,为生活添彩。

生命的美好境界是什么?
问大地,说是无我;
问种子,说是忘我;
问果实,说是舍我。

生命,无论意趣和意向,还是志趣和志向,都与心灵的向往和灵魂的追求密切相关。

生命是一个经历和过程,其对每个人而言,不同的是有长有短,而相同的是无论长短,都不会重来。

生是人生的上场,死是生命的离场,而从生到死的生命历程中有一个必须坚守的信条是:无论场景多少,也无论场面大小,都不能随意散场,当然更不该轻易退场。

生命,死亡和牺牲的区别;
前者是常眠不醒,

后者是永垂不朽。

生死墓志铭：
既生，生不畏死；
虽死，死无愧生。

人生最大的不幸是：生不如死；
生命最大的庆幸是：死无愧生。

生而有幸，其长大不难，成人却不易，故必须清醒和应该做到的是：不弃努力、勇于奋力、倾其全力，如此方可尽快成熟和尽早成器。

伟大的生命，用光明战胜黑暗，故光明磊落，光彩夺目；

强大的生命，用正义战胜邪恶，故正义凛然，刚正不阿。

生命有如江河，当奔流飞溅之时，会有大海波涛汹涌一样的激情，而当奔腾飞扬之时，则会有大海惊涛拍岸一样的豪情。

　　燃烧的生命如炬如旗,其熠熠生辉;
　　沸腾的生命如江如河,其奔流不息。

　　生命属于人只有一次,故只有珍爱生命才会感
受生命的宝贵,只有尊重生命才会感悟生命的尊
贵。

　　生命,健康是安乐之依,更是幸福之托。所以,
为了健康不该放纵,拥有健康不该挥霍。

　　挑李之根,虽被埋没,花团锦簇却是它们生命
的绽放,硕果累累则是它们生命的奉献。

　　松竹梅,谓之岁寒三友;
　　诗书画,统属才艺三绝;
　　精气神,则是生命三宝。

　　做人,一时不着调,只不过是生命的缺憾;
　　做事,总是不靠谱,则注定是终生的遗憾。

人无根而不立,根是生命之魂,故是根就要拥抱大地;

人无翼而难翔,翼是生命之魄,故是翼就要眷恋蓝天。

时间所以伟大,是其可以见证和验证一切,并对客观事物作出最公正、最无私和最权威的评判。

时间宝贵,稍纵即逝。然而,时间被人珍视,它的可贵之处还在于:其一,从不说谎;其二,公正无私。

时间耗不起,其稍纵即逝,故只能珍惜;

时机等不来,其擦肩而过,故只能抢抓。

岁月不居,时节如流,而只有抢抓时间,分秒必争,才是对当下的珍惜和对生命的珍重。

青春如炬,只有把生命点燃,才会倍加明丽;

青春如旗,只有为人生添彩,才会更加鲜美。

青春短暂而美丽,故必须百般珍惜,而切不可奢望挽留,特别是它正在悄然逝去的时候。

人最宝贵的东西是什么？是生命;生命中最美好的东西是什么？是青春。故生命宝贵,要有志向;青春美好,要能励志。

青春所以宝贵,除了短暂而外,更重要的它是书写人生和体悟生命的最美时光和大好岁月。

活到老,学到老,老有所为的佳境是:不忘初心,不改初衷,不辱使命,不负此生。

人到中年,方知青春易逝,于是心想:逝去的不再拥有,拥有的不能再逝去,故就此珍惜当下,不再犯同样的过失,从而活出无愧的自我。

人生追求幸福,值得称赏;生命拥有幸福,值得欣慰。这其中,与人共享的幸福,幸福指数最高。

人生,幸福不拘一格;既有因为幸福感受到的友情和爱意，也有由于幸福而体悟到的知足和安乐。

生活，平安是福，故心若安静，则会在安闲中享受快乐，而神若安宁，则会在安适中感受幸福。

生命，有一种幸福是造福，有一种幸福是享福。故幸福的真谛是：只有造福，才会享福——如此，则会幸福满满。

幸福是什么？有一种说法是身心的安乐，有一种说法是心神的安宁，其二者相较，前者可谓佳境，后者则为妙境。

无论快乐还是幸福，一时没有不会一生没有；而快乐或幸福从哪里来，当然等靠不来，只有苦心营造和精心创造才会喜获和乐享。

快乐和欢乐当然好，但谨防切记的是乐而忘忧；娱乐和享乐当然更好，但令人担忧的是乐不思蜀。

真正的清静是幽静，
真正的舒适是闲适，
真正的情趣是风趣，
真正的乐享是安享。

无论心存疑虑，还是处心积虑，都不可能得到轻松；
无论心怀不满，还是心生烦恼，都绝不会得到快乐。

贪心不足，最是一种痛苦；欲壑难填，有时甚至要付出像生命这样昂贵的代价；而只有知足和知止，才会拥有真正的快乐和安享。

修养妙悟

德高望重

修养德行和涵养德性

缺一不可

故『德高』

既应是仁德、贤德

又须是大德、美德

德高望重，修养德行和涵养德性缺一不可。故"德高"，既应是仁德、贤德，又须是大德、美德。

"严于律己"，是一种修养；"宽以待人"，是一种涵养；既"严于律己"又"宽以待人"，则是人生更高的品质和素养。

寡言不争——既不争强好胜，更不争荣取宠，其既是修养，亦是涵养。

不仅谦虚，而且谨慎，这是品性的修养；
不仅克己，而且奉公，这是品德的涵养。

不让他人尴尬，其实就是自我人品修养的自重；
不给他人难堪，其实就是自我人格涵养的自尊。

心中有怨，不迁怒于他人的是修养；
心中有冤，不错怪于他人的是涵养。

能以他人之长补己之短,是心志的修养;
愿以己之长补他人之短,是情志的涵养。

修养,无欲则刚,而禁欲则知止;
涵养,有容乃大,而宽容则豁达。

修养,理解是心灵的崇尚;
涵养,宽解是灵魂的高尚。

人性自私却从不懂得自咎,是缺乏修养;
人心自愧却从不懂得自悔,是缺失涵养。

人生,学会"放弃"和"舍弃"是修养的化境。其"弃","放"即"拿得起,放得下"的放;"舍"即"舍得"的舍——如此之"弃",方可弃旧图新。

人生修养,话从不说满,事从不做绝——如此明理和识趣,其实就是为生命留白。

人生,作为修养,一尘不染,绝不是一时的,而是一生的。只有如此,心灵才不会被污染,灵魂才不会轻易被侵蚀。

超然物外，是人生修养的至高境界，而绝非一般意义的心灵潇洒和心神自在。

修养有时是：以言立德，以德修心，以心养性，以性怡情，以情生境。

剪修人生的枝叶，要靠修养的修度；
滋养生命的花朵，要靠涵养的涵容。

人生修持，耐得住寂寞，则可不忘初心；
生命持度，守得住孤独，则可不辱使命。

人生修养：正人先要正己，正己先要正行，正行先要正心。总之，做人能依正德，做事能守正道，方为正人君子。

人生修为：
有的慎始而善终，值得称赞；
有的善始且善终，值得赞誉。

人生修持：

不应说的话，从不张口，故谨言；

不该做的事，决不上手，故慎行。

修为，其救人之危，而不期誉，可谓大善；

修持，其解人之困，而不求荣，可谓真美。

人生修度，心性渐入佳境，其理想的境况是：心情好，心气则高；心气高，心志则强；心志强，则可心驰神往。

人生修持的境界：

其知足常乐，可谓美好；

其知止而安，可谓完好。

对有些人，善始不难，对有的人，善终不易，故只有能够善始善终的人生才是修养和持度的最佳境况。

人生，当失去时仍能保持镇定，而当得到时却能保持淡定,如此修度持守,在得失面前绝不会失去自我,甚至改变真我。

善于发现别人长处和自己短处的人,其清醒的认知是:取长补短和扬长避短原本是人生修持的必修课。

谦敬的人谦恭,谦逊的人谦虚,谦和的人谦容……故人生修度,以谦为美。

人生优秀,靠什么管理,靠良好的品性和修养;生活优裕,靠什么管控,靠良好的品质和素养。

一半内敛,一半张扬,谈什么素养;三分矜持,七分张狂,更谈何颐养。

有的人只会照猫画虎,其缺乏的是学养;有的人总是指鹿为马,其缺失的是教养。

审时度势,作为人生的修度智慧,有两点是最基本且特别重要的:一是知足常乐,二是知止而安。

与人无纠葛,与事不纠缠,如此修度,心神就不会纠结,于是才会乐享安宁和自在。

人生修持:
心情怎么样,要看心气;
心气怎么样,要看心魄;
心魄怎么样,要看心怀;
心怀怎么样,要看心境。

人生修持,严于律己,故从不原谅自己的过失,而宽以待人,则决不苛责他人的误失。

低调,作为一种涵养,其不仅是人品的自谦,而且更是人性的自律。

人生,既不给别人脸色看,当然也不会看别人的眼色行事,如此持修,方可行得端,走得正。

淡泊以明志,作为一种修持,它是在面对得到和失去、幸与不幸时都能保持常态心境的谈定。

好事好做,善事善为,其作为人性的修持,从不会刻意为之,而是真心切切,诚意满满。

只要说话客观,则无可挑剔;
只要办事公道,则无可置疑。
故如此修持,从不会无理取闹,更不会无事生非。

自尊、自爱、自律,是人生自觉修持的境界;
自信、自强、自立,是人生自勉修为的境况。

俗话说:一诺千金。
故不轻许诺,是人品的修养;
而重践诺,则是人格的修为。

人在无欲时,才会淡定,这是修为;
人在无求时,才会从容,这是修持。
故人生如此,方可超越红尘和远离俗世。

修养,人的心境,要像泉水一样清亮;

涵养,人的胸襟,要像大海一样宽广。

为人,把姿态放低,低成就高,这是修持;
处事,把心态放平,平而不庸,这是修为。

好人说好话,是一种修养;
好人做好事,是一种修为——
故好人一生平安!

人生修为,有一种可贵的素质是:用希望取代
奢望,用追求取代奢求,用风华取代奢华。

人生修为两不怕:
其一,不怕吃苦,苦尽才会甘来;
其二,不怕吃亏,吃亏方可得福。

修为,有一种境界是:看破却不说破。其看破,
是修养的聪慧;其不说破,是涵养的智慧。

人生低谷,考验人的修养:有的人悲观,有的人
乐对;有的人颓废,有的人顽强——前者在低谷中

落泊,后者从低谷中崛起。

俗话说:天道酬勤。故勤劳、勤奋、勤勉,应是人生修为任重道远的正道。

清者自清,诸如君子;
浊者自浊,诸如小人。
故人生修为,激浊扬清,方可正本清源。

有时候不闻,是一种明智;
有时候不问,是一种理智。
故并不是所有的不闻不问都是冷淡、冷落,其反而恰恰是修为的清醒和淡定。

俗话说:"吃饱了撑的。"人生,由此得到的启悟:废话不多说,傻事不蛮干,朋友不乱交……如此修为,才是真正的智者。

追求而不懈怠,挑战而不畏惧,拼搏而不退缩,成功而不恃傲……人生如此,则是修为的涵养。

修心，必真；
养性，必诚
——心诚则灵。

随心，若不为名声所累；
随性，若不为物欲所惑——
如此修持，则可以随遇而安。

闲气不生，火气不发，可以怡养心神；
小过不容，大错不犯，可以涵养心性。

无论一生有多曲折，还是毕生有多坎坷，人生修为，生命持度，必须信念不改初衷，奉献不辱使命。

禅修，禅是自在，禅是自悟；真禅无时不在，无处不在。故只要努力做到心净、气定、神闲，就会远离烦恼，更不会苦恼和懊恼。

修身养性，其心静，才会神安。
其只有心静，才会不急不躁，不慌不忙；

而只有神安,才会不骄不躁,不卑不亢。

人性,良知该有多善,其在苦难中最通情;
人生,善心该有多慈,其在危急时最达理。

人性,有刚有柔,亦刚亦柔,其有的刚中见柔,有的柔中带刚,故最佳的境况是刚柔并济。

人性真实,故不能像迷雾一样弥漫;
人品敦厚,故不能像浮云一般轻浮。

人性的优劣,决定人品的好坏;
人品的真假,决定人性的美丑。

博爱和大爱,是人品崇尚的境界;
仁爱和慈爱,是人性崇高的境界。

潇洒作为一种品性,它是既拿得起也放得下、既赢得起也输得起的从容豁达。

"忍"是一种耐力,"耐"是一种受力,"忍"和

"耐"一经结伴后立即成为人性品格中一种持守的定力。

苟且而不自咎,人性因此变得卑微;
偷生而不自责,人品因此变得卑贱。

大言不惭,是心机的歪邪;
大逆不道,是行迹的恶邪。
故只有修身养性,并严于律己,方可改邪归正。

习性,最后不要任性,但是不能没有定性;
禀性,最好不要直性,但是不能没有率性;
个性,最好不要野性,但是不能没有血性。

人生涵养:
与其羡慕他人,不如激励自己;
与其嫉妒他人,不如鞭策自己;
与其怀恨他人,不如珍爱自己。

做最好的自我,既需要自尊自爱,亦需要自强自立,更需要自省自律。

自爱，首先要自信，还要自强，更要自尊。当然，自爱，若自信而不自负，自强而不自恃，自尊而不自傲，如此则不会自怨自艾，也不会自轻自贱，更不会自暴自弃。

正人要先正己，正己要先正名，正名要先正身。故做人能依正德，做事能守正道，则可谓正人君子。

做真实的自己，就是用自我严守的生活准则规范人生；

做有为的自己，就是用自我严正的生存追求书写人生。

为了不让他人担心，首先必须自己省心；

为了不让他人烦心，首先必须自己开心；

为了不让他人操心，首先必须自己安心。

有所作为，有时是做自己能做而别人却做不到的事，并坚持不懈；

大有作为，有时是做自己敢做而别人却不敢做的事，并坚韧不拔。

我悟我心，故每天要问自己，今天悟了没有；
我心我悟，故每天会问自己，今天悟了什么。

有一种聪明是知道自己知道什么，有一种聪慧是知道自己不知道什么，而真正的智慧是既知道自己知道什么，更知道自己不知道什么。

能使自己忧愁释怀的，则不会容受无名的痛苦；
能使自己幽怨释然的，则不会蒙受无端的痛楚。

做真实、踏实的自己，就做自己能做到、能做好的；
做最好、最佳的自己，就做别人不敢想、不敢做的。

做真实的自己，即使别人说三道四，那又如何；
做有为的自己，即使别人指手画脚，那又怎样！

承认自己无知，可谓有自知之明，其认知不再幼稚，故再不会自作聪明、自以为是、自命不凡。

人无完人，所以要想既本真又上进地活着，就不要太在意别人的看法，而是只管活出真实的自我，只需活好进取的自己。

无论身边有多少好人，只要首先自己做个好人，其身边的好人则会越来越多。

谁能把牢自己的嘴，其谨言才会是真正的明智；

谁能甩开自己的腿，其远行才会是真正的壮志。

弱者，要想改变自己，必须心怀志者的志向；

庸者，要想成就自己，必须胸怀志者的志气。

俗话说：与人方便，自己方便。与此相反，也可以说：为难他人，其实就是为难自己。

有时为了得到,可能失去;有时因为失去,可能得到——在这样的得失之间,由于豁达和淡定而从来不会迷失自我。

无知是幼稚,幼稚是弱智,弱智是愚昧。所以,要想自己变得成热,就必须改变无知,远离幼稚和鄙弃弱智。

总觉得自己高大,而在他人眼中,却是一种渺小;

总以为自己高明,而在他人心中,却是一种低微。

自作聪明的后果,常常是聪明反被聪明误;

自以为是的苦果,往往是自己挖坑自己跳。

有些人孤立,因为他们只怜爱自己;

有的人孤独,因为他们只怜惜自己。

漫漫人生,不管认识了多少好人,结交了多少益友,而时刻和须臾不该忽视和忘记的则是做真实和完美的自己。

对自己从不讲认真,却对别人太过较真的人,其根本无"真"可言——无论真性,或是真情,还是真心。

现实社会中,用来维系人际关系的实招,既不能靠讨巧和讨好,更不该凭心计和心机,而唯一有效的是做踏实和诚实的自己,让自我变得更有魅力。

什么是失去自我?是总想活成别人的样子;
怎么样找回自我?要真实活出自己的模样。

如何摆脱自暴自弃的困境?最佳的办法是:从自强中找回自信;
如何摆脱自轻自贱的窘境?最佳的办法是:从自信中找回自尊。

心灵境界

简简单单
可谓至简
朴朴实实
可谓质朴
人生如此
既不奢求
更不妄想
则是心灵境界的
修持和涵养

简简单单,可谓至简;

朴朴实实,可谓质朴。

人生如此,既不奢求,更不妄想,则是心灵境界
的修持和涵养。

颜值美只是外观,其有好看和耐看之别;

心灵美则是内涵,其有佳境和妙境之别。

怡养心情,不仅要守,还应护;

涵养心智,不要要觉,还应悟。

相由心生,境由心造,故人生应有的良好心态
有时是:打开心结,才能放飞心情;敞开心扉,才会
放大快乐。

心净,则心无尘埃;

心静,则心无杂念。

如此,方可有清新、清亮的心境。

心灵纯净,生活就会纯朴,其快乐油然而生;

心神自由,生活则会自在,其愉悦妙趣横生。

心灵需要时刻守候,因为有太多美好的期待;

心灵需要时刻守护,因为有太多温馨的关爱。

有心人用心,心诚则灵。故用真感动真,用善弘扬善,用美欣赏美,则会心心相印。

心存善念,是美好人生应有的初心;

心怀感恩,是美满人生持守的愿心。

心领神会,靠的绝不是心机,而是心智;

心驰神往,凭的绝不是心术,而是心志。

心智好奇,会让我们获得未知;

心志要强,会让我们拥有未来。

心胸狭隘,面对他人的成才,心生妒忌;

心眼狭小,面对他人的成功,心生嫉妒——

如此人生,决不可能成熟,更不可能成器。

凡事物,抢眼的不一定养眼,而养眼的一定养心,养心的一定舒心,舒心的一定开心。

心态所以平和,是因为甘心舍弃;
情态所以释然,是因为情愿给予。

孤独也好,寂寞也好,只要孤而不寂,则各有各的情趣,各是各的心境。

心旌无色,更无形,却在心中飘扬;
心碑无形,更无尘,却在心间矗立。

只有和谐,无论动与静,方可以静制动;只有和洽,无论收与放,方可收放自如——如此境况,可谓心灵的佳境。

心无恐惧时,梦中哪来的恐怖;
心无惊悚时,梦里哪来的惊吓。

心烦,把不开心藏久了,就会成为不舒心;
意乱,把不如意放大了,就会成为不惬意。

心，一旦关进门里，不仅难再开心，而且久了，还会郁闷，郁郁寡欢，更会憋闷，闷闷不乐。

能看淡名的，淡然是心智的知觉；
能看轻利的，超然是心智的颖悟。

敬畏，无论是对自然，还是对生命，都是心灵的信仰，灵魂的宗教。

如果一心一意是心灵之所愿，那么实心实意就是灵魂之所依。

共情的温暖让人感动，感动是心灵难忘的感怀；
分享的幸福让人感恩，感恩是心灵难舍的感念。

难忘友情，心生感动，故情深意长；
难舍亲情，心怀感恩，故刻骨铭心。

古语云：吾日三省吾身。

故能对卑微追悔,即是对心灵的拯救;
而能对卑贱懊悔,则是对灵魂的救赎。

海纳百川,是大自然的奇观胜景。故心胸如海,则是一种大气度,也是一种大气量,其不仅可以有大志向,更可以有大作为。

向阳而生,心里有光;
向善而活,心里有爱——
如此方可真正温暖和施惠他人。

面对一时的慌乱,镇静需能心静;
面对一时的恐慌,镇定需有笃定。

坦然者释然,故了无牵挂,从不烦心;
安然者怡然,故了无牵绊,从无烦恼。

每个人心中都有一抹阳光,明不明亮和有多明亮,温不温暖和有多温暖,关键要看心胸有多豁达和心境有多和畅。

当心存疑虑时,心中则顾虑重重;
当心有疑惑时,心中则迷惑不解。
故心性的成熟,其若有坚定的心志,则会有笃定的志向。

不管什么过往和当下,也无论什么处境和状况,只要心里充满自信的阳光,眼前就是一片光明,脚下就是阳关大道。

对他人有什么不满意,千万不要放在心上,这样会太累;而对自己有什么不满足,一定要牢记心间,这样才踏实。

真正的换位思考,不仅要将心比心,如此方可心心相印,而且要以心换心,如此才会惺惺相惜。

宽容是什么?其有时是对无视你痛苦或忽视你不幸的人心怀的宽解和心胸的涵容。

身心的安康靠什么?靠的是心态的平和;
心神的安宁靠什么?靠的是心境的谐和。

有口难言的痛苦,只能在心里默默承受;

有口难辩的痛楚,只能在心里久久隐忍。

同样是"痛",当"痛快"时,则身心轻松和愉悦;而当"痛苦"时,则心神不忍和难受。

古语云:"知足者常乐。"如此,既没有患得之累——好心态就是好日子;更没有患失之忧——好心情就是好福气。

看别人不顺眼,有时是由于自己心不顺,所以这时要改善和调适的恰恰应该是自我的心气、心态和心境。

会心,是微笑的最佳境界:

有时是一颗心与另一颗心的兴会,故心旷神怡;

有时是一颗心与另一颗心的融会,故心驰神往。

真诚是心灵沃土,善良是心灵净土——心灵美让人生光彩夺目。

诚实守信,宽容大度,既彰显了思想的纯正,又展现了精神的崇高,但归根溯源还是心灵的纯粹和高尚。

人性朴直,才会直抒己见,这是坦诚;
人品正直,才会直言不讳,这是真诚。

坦率的人坦诚和率真。
唯其坦诚,才会赢得诚信;
唯其率真,才会彰显真性。

交友,以规劝替代责怪,则是一种真诚;
择友,以信任替代置疑,则是一种至诚。

沉思是能够沉下心来思考,静思是能够静下心来思索,二者的细微不同在于:前者由于心沉而所思更显深谋,后者由于心静而所思更多远虑。

关于"沉默",有两句锦言妙语:一是"沉默是金",一是"沉默是最丰富的语言",其作为传诵的金句,二者可谓是彼此意蕴经典的诠释。

心灵孤独,只要孤而不独,先哲往往有更深远的思谋;

灵魂寂寞,只要寂而不寞,贤哲往往有更丰富的想象。

同样是孤独,诗人在沉默中感动,其绝非自恋;

同样是寂寞,哲人在沉思中感悟,其绝非自闭。

有时情绪失控,其只有在沉静中才会慢慢变得释然淡定;

有时情理失察,其只有在沉思中才会渐渐变得豁然明晰。

智者慧,其慧觉于心;

愚者蠢,其蠢动于行。

大智若愚和一得之愚,此愚非彼愚——其智愚绝不会唯利是图,而愚得则必然利欲熏心。

有皆生于无,而从无到有和无中生有则是完全不同的两种境况:前者是志者奋力的奇迹,后者是愚人虚幻的妄念。

"吃一堑长一智",是对智者而言,对愚者而言,则只会一再掉进同一条沟里。

每个人有优点也有缺点,其智者聪慧,故特别善于发现和学习他人的优点;而愚者稚蠢,则专门挑剔和指责他人的缺点。

智者心明眼亮,故知所不知;
愚者闭目塞听,故一无所知。

一叶可以知秋,一叶可以障目,人与人之间竟有如此的差异:前者是智者的智悟,后者是愚者的愚拙。

说话从来是有讲究的,其智者深思熟虑后才会知无不言,而愚者不假思索却肆意信口雌黄。

入世者聪,出世者慧,以出世精神做入世志业者觉。

知其然,只可以说是聪慧,而知其所以然,才能说是智慧。其聪慧和智慧二者相较,有一种贴切的比喻是:前者如果只是光亮,而后者则是光芒。

知晓忘记,只是生活的明智;
难得糊涂,则是人生的智慧。

聪者明,故眼前的诱惑不会成为困惑;
智者慧,故心中的困惑不会陷入迷惑。

面对不称心,不抱怨是志者的乐观;
面对不如意,不积怨是智者的达观。

愚,是变相的呆;
蠢,是变相的傻;
愚蠢,是变来变去的呆傻。

箴言说:"智慧,是我的灵魂。"
妙语说:"智趣,是我的灵性。"

道德审视

悟道

无论说话

还是办事

无不讲究门道

故君子厚道

说话决不会旁门左道

办事更不会歪门邪道

悟道,无论说话,还是办事,无不讲究门道。故君子厚道,说话决不会旁门左道,办事更不会歪门邪道。

道是讲品性的,当道是德时,则德高望重;
道是讲品质的,当道是理时,则理直气壮。

古人云:"得道多助,失道寡助。"故做人要讲道德,做事应重道义,如此则不会有悖人道,更不会大逆不道。

人生威望不可能一日树立起来,而人的声望则要用毕生的德行来涵养和守护。

古语云:和为贵。诸如家庭和睦,社会和谐,世界和平。总之,只有和衷共济,世道方可和顺、和悦,亦可和亲、和善……

或有德无才,或有才无德,其各是各的缺憾,而只有德才兼备,才是人生真正的崇尚和尊贵。

品性和德行的谐美,既离不开人性的求真和向善,更不可缺操行的大慈和博爱。

勤能补拙是常理,故要勤劳、勤奋、勤勉;
优胜劣汰是常道,故要优秀、优异、优越。

"投桃报李",是人间美好关系中的一种形象表述,而现实生活中,与此不同甚至相悖的却既有小人的"以怨报德",更有恶人的"恩将仇报"。

权势不是权威,权威不是权力,权力不是权利。

财散人聚,是智者的智悟——其汇聚而集的人心、人气、人脉、人缘才是生命真正的得道。

捡来的是外财,抢来的是横财,而只有用心血和汗水赚来的才是属于自己真正的财富。

聪明的人会赚钱,精明的人会花钱,而开明的人则用赚来的钱回馈社会。

孤芳自赏，只要不是孤高恃傲，作为一种持守沉寂的情境，其远比孤影自怜的寂寥让人赏识。

爱，作为一种美德，无论慈爱还是仁爱，也无论抚爱还是怜爱，都与真和善息息相关。

无论"料事如神"，还是"先见之明"，都是智觉的神明。故面对纷繁复杂的世道，只有如此，方可出人意料，先入为主，防患于未然。

羡慕是品性，其不因羡慕而生嫉妒即是美德；嫉妒是邪性，其由于嫉妒而生恨则是失德。

羡慕，是欣赏的原汁原味，而嫉妒是变了味的羡慕，至于恨则是嫉妒变质后的毒汁。

妒忌如果是一把剪，嫉妒则是一把刀，其无论是剪还是刀，最终被刺痛和受伤害的只能是自己。

做贼心虚，还只是一种可悲；
而认贼作父，则是一种可憎；

至于贼喊捉贼,更是一种卑劣和愚昧。

有一种心灵的丑,是作践;有一种灵魂的恶,是作孽。

只有心术不正的人,才会总把别人想得歪邪,甚至不惜歪曲事实的真相,用歪理当正理诡辩。

心眼不能太多,太多了看什么都会眼花缭乱;
心机不宜太多,太多了做什么都会心神不定。

睁着眼睛说大话的人,是不走脑子;
闭着眼睛说瞎话的人,是没长脑子。

假象无不失真,故从来不讲信誉。
诸如:阿谀逢迎,因虚情无不失德;
诸如:阳奉阴违,因假意无不失操。

真与假,虚与实,针锋相对。故如何识别假,其立竿见影的是真;如何鉴别虚,其卓有成效的是实。

说空话,大言不惭,故言而无信;
说假话,胡言乱语,故言不由衷。

去伪存真,故从不失真,真则会真真切切;
弄假成真,故必然乱真,假则会遮遮掩掩。

有时,不少假,竟然被说成真;
有时,有的真,反而被诬作假;
其实,最终假的真不了,真的假不了,关键是要
看事实。

以次充好,是以牺牲诚信为代价,故得不偿失;
以假乱真,是以牺牲良知为代价,故咎由自取。

对自我感觉良好的撒谎者,其最不堪的下场
是:谎言说多了,虽然脸不红、心不跳,但最终却成
了孤家寡人。

话说得好听,但从不去真做的,无异于谎言;
事做得感人,却从不去张扬的,一定是善为。

当我们面对假反思真时,才会倍觉真的可贵;
当我们面对美反观丑时,才会倍觉丑的可憎。

慈心是根,故根深叶茂;
爱心是花,故花团锦簇;
善心是果,故硕果累累。

仁者之心,亦真、亦善、亦美,其既难能可贵,故应珍重;亦更弥足珍贵,故应崇尚。

恶果是由于恶行,恶行是由于恶习,恶习是由于恶念。故人性修度的一大课题是:只有弃恶扬善,方可与人为善,独善其身。

仁者忠厚,慈者善良,故真正的仁慈,其成仁取义,慈悲为怀。

与人为善,能把质疑化作释疑,能把非议换作建议,其既是心智的成熟,亦是人性的修为。

如果善是一面明镜,美对着照的时候美不胜

收,而丑对着照的时候则丑态百出。

美不是丑,丑不是美,而以丑为美则更加丑陋;
真不是假,假不是真,而以假乱真则更显虚假。

劣迹是丑,横行是恶,如果丑和恶一旦同流合污,则无异于狼狈为奸。

人性之大美:既真心向善,从善如流,更真诚施善,善行天下。

社会,向善的人越多就越和谐;
人生,感恩的心越多就越美好。

大慈缘于大善,大善缘于大爱,大爱缘于大德。故善心点亮心灯,爱心使心灯长明。

不说他人长短,不记他人恩怨,是善心;
时时诚心待人,刻刻专心做事,是懿行。

真善美,从品格和道德的角度审视,凡真的即是善的，凡善的都是美的，故真善美相邻而居。

善行不止，善为不休，才会持续不断地择善而从，并从善如流。

向善，必须有善心，而真正的善心，不仅要有善念，更应有善行。

拥有和占有的不同：
所有美好的东西，只配美好的心灵拥有；
所有丑恶的东西，只能丑恶的灵魂占有。

颜值美让人赏心悦目，故被丑嫉妒；
心灵美令人心旷神怡，故被丑垢污。

真若是一种本心，真才算真；
善若是一种本性，善方为善；
美若是一种心质，美即是美。

真和假相比，善和恶相校，其美者自美，丑者自丑，故真善美是彼此的崇尚，而假恶丑则是相互的污名。

以其人之道还治其人之身,如若是以"恶"惩恶,其又何尝不是一种善为。

以德报怨,是善对恶的善为;
以怨报德,是恶对善的恶行。

嫉妒如邪火,自焚是自食苦果;
仇妒似毒药,自服是自食恶果。

善恶和真假分明,故生活的现实是:
有时虚情的奉承,是投其所好;
有时假意的奉陪,是别有用心。

心生邪念,妖魔一旦上身,则很难逃离;
心生恶念,鬼怪一旦缠身,则很难逃匿。

友谊需要维护,友情需要守护,友爱需要呵护,友善需要惜护。

忠言逆耳,只有真朋友才会对你说,故令人感激;

良言苦口,只有好朋友才会对你讲,故令人感动。

就一般意义而言,可心和可意的朋友更多的是在随缘中遇到的,而可信和可交的朋友则更多的是在相处中找到的。

总说忘记却总忘不了的那个人,一定是真朋友;

总说放下却总放不下的那个人,一定是好朋友。

对至亲和好友的真情祈愿,是隔山隔水无冬无夏每时每刻的真诚祝福。

益友,其真正的友谊是友好,所以彼此最善于理解;

亲友,其真正的友情是友爱,所以相互最乐于宽解。

莘莘学子,学而不厌,故孜孜以求;
谦谦君子,诲人不倦,故循循善诱。

君子之美,其美德自然德高望重;
小人之丑,其丑相必然丑态百出。

小人有时爱下绊子,原本是想把别人绊倒,却常常失手首先把自己摔倒。

谦谦君子,与人总爱边笑边说话;而小人,则见人常常不取笑不说话。

能够背后常说别人的好话,而当面却从来不说阿谀奉承的谎言,可谓真君子也。

对君子,可以畅所欲言;
对小人,最好沉默寡言——
人与人的关系,有时其微妙之处正在于此,亦恰在于此。

君子成人之美，是心灵高尚，故人人夸赞；
小人乘人之危，是心机诡异，故人人鄙弃。

君子，虚心但从不虚荣；
小人，虚荣则总是虚伪。

小鞋，是真小人专门用来给别人穿的；
高帽，是伪君子专门拿来给别人戴的。

君子宽以待人，既宽容，更宽待；小人苛责于人，既苛刻，更苛待。

面对伪君子，心肠不能太软，越软越被轻看；
面对真小人，心眼不能太好，越好越被错待。

与小人交友，多了，久了，可能变得比小人还小人。故人生的修为从来都是：交友要慎，做人要正。

知错必改，这是大家共同的认知。但也有例外：其一，有时以错对错是奇巧的对策；其二，有时将错就错是奇妙的策略。

　　贫富和贵贱,是非和对错,各有各的所属,至于每个人作何归属,关键是看各自的修持和最终的修为。

　　对即对,错即错,故是非分明;
　　是其是,非其非,故爱憎分明。

　　是即是,非即非,是非既不可颠倒,亦不能混淆;
　　对即对,错即错,对错既不可不分,亦不可混同。

　　知错必改,自觉才好;
　　有错必纠,自律就好。
　　只有如此,才不会一错再错,甚至错上加错。

　　生性,惯于趋炎的人,当另有图谋;习性,惯于附势的人,当别有用心。

　　名声是不可毁损的,名气是不可中伤的,名誉是不可玷污的,名节是不可凌辱的。

做人,名誉固然不可忽视,而名声更应珍视,故作为涵养应该清醒:有名声,方可有声誉,其名声即是名望,声誉即是荣誉。

荣誉,只有经得起检验,才不会是虚荣;声誉,只有经得住考验,才不可能毁誉。

名誉,最怕的一是浮夸,二是吹捧,如此的后果一是污名,二是毁誉。

荣誉是生命的光环,声誉是荣誉的光照,但无论荣誉,还是声誉,都不可过誉,否则光环则会变为光影,而光照也不再光彩照人。

过誉是一种虚誉,其从表面上看只是一种虚荣,而究其实则无异于毁誉。

面对过誉而坦然自省的,是智者的修养;
面对虚誉而淡定自觉的,是智者的涵养。

对过誉默认的人,很难有所长进,因为其面对公论和指正时,总觉得公平不公,公正不正。

有人对荣誉太过在意,有人对声誉太过敏感,其实都是因虚誉而心生的虚荣。

荣誉既然是一种荣耀,当然绝不该过誉;
名誉既然是一种名声,当然更不该虚誉。

虚誉的人虚荣,故不愿敞开心扉;
虚伪的人虚假,故不敢摘下面具。

人既讲尊严,其更有自尊,故强行的附和是违心,而违心的迎合则亏心。

自食其言,说了不算,故从不讲信义;
仗义执言,敢说敢当,则绝对有信誉。

荣誉,对当下而言,可以视为一种骄傲,对明天而言,则必须戒骄和不可恃傲。

哲理思辨

崇尚的思想是什么
有人说
是觉醒的灵魂
有人说
是卓立的精神
有人说
是奉献的生命

崇尚的思想是什么？有人说，是觉醒的灵魂；有人说，是卓立的精神；有人说，是奉献的生命。

古人云：行成于思。故三思而后行，思想者方可行将致远。

思想者孤身寂旅的远行，其领悟人生当更加丰沛和充盈，感悟生命则会更加深通和灵透。

善学而思，善思而省，善省而觉，善觉而悟。其"悟"——解悟也罢，颖悟也罢，觉悟也罢，神悟也罢……皆为思想者才思的崇尚境界。

真正的思想者，善思不仅有共通、共情的思维，妙思更有独立、独特的思考，所以从来不做传声筒，更不会做应声虫。

古人云："思则睿，睿则圣。"故有什么样的思想水准就有什么样的人生境界，有什么样的思维方式就有什么样的生命质量。

爱默生说:"思考是行动的种子。"所以,学会思索、养成思考的习惯,应当成为一种高尚人品的修养。只有如此,伟大的思想才会使人类进步,使社会和谐,使事业辉煌。

爱默生说:"思想是会享用它的人的财产。"故思路一旦成为思想,出路就在脚下;思谋一旦成为思想,智谋就在心中。

古今中外,凡求真、向善、崇美的人,凡珍重亲情、友情、爱情的人,凡热爱自然、热爱人生、热爱真理的人,都是有教养和品格的……而如此有教养和品格的人,才是思想境界和道德情操真正高尚的人。

勤于思谋,深谋者先抑后扬;
善于思虑,远虑者先忧后乐。

深思熟虑,越深越熟越见卓识;
高谈阔论,越高越阔越显空幻。

勤于思考,在孤独中学会成长;

善于思考,在寂寞中走向成熟。

所以,对一个真正的思想者,从来不会感到孤寂。

怡养心神,精思可以让人通彻,熟思可以让人通解,奇思可以让人通窍,妙思可以让人通灵。

沉默是金。故沉而不寂,久而久之,则会有沉积的思谋,而沉而不迷,久而久之,则会有沉淀的智谋。

空谈的人思想贫乏,奢谈的人灵魂苍白,而只有求实并务实的人,思想才会远行,精神才会弘扬。

空谈无用,奢谈无益;

而只有畅谈的人,才会放飞思想,只有健谈的人,才会解放思想。

不勤于思考的是懒汉,不善于思量的是笨蛋,不屑于思谋的是庸人。

辩证的阐释，头头是道，故启人心智；
悖论的辩释，环环相扣，故发人深省。

做名人常说难，做红人又觉烦。既然如此，理智的警觉是：既然"难"，为何还勉为其难；既然"烦"，为何还不厌其烦。

锦言，话里话外，是真情，更有美意；
睿语，字里行间，是精思，更有妙悟。

如果你是种子，当发芽的时候；
如果你是鲜花，当绽放的时候；
如果你是果实，当收获的时候；
——切不可忘记的是：感恩大地！

敬畏自然就要师从自然。诸如源远流长、水到渠成、滴水穿石、大浪淘沙、海纳百川……让人类从中感受和领悟到"上善若水"其中深入浅出的丰富意蕴和境况。

上善著水：

其源远流长，这是顺势；

其激流勇进，这是趁势；

其飞流直下，这是气势；

其奔流入海，这是威势。

没有雨，春天也会贫血，故诗骨中也会缺钙；

没有雪，冬天也会感冒，故画韵中也会缺铁。

自然的美，纯纯净净；

超然的美，平平淡淡；

豁然的美，坦坦荡荡；

怡然的美，清清爽爽……

故美是美好，更是美妙。

云，无论聚还是散，其聚是诗，散也是诗，都是诗人心中的诗情；

虹，无论淡还是浓，其淡是画，浓也是画，都是画家笔下的画境。

山也美，水也美，山水相依的画境才更有情趣；

花是诗，果是诗，春华秋实的诗意才更有韵味。

山高水长，是脚 下留恋的风景；
山清水秀，是心中眷恋的风光。

敬畏松柏，因为四季常青，其无论寒暑交替，还是风雨交加，在山间和崖畔用挺拔的身姿站立成永恒。

脚踏实地，站在苍松翠柏树下，心中似乎听到了这样的问签——松柏：我到底还能长多高；大地：那要看你根系能扎多深。

根是草木之本，故根深蒂固，枝繁叶茂，即使寒霜来袭，叶落也要归根。

花可以成海，树可以成林，而小草却走遍天涯——这是平凡无奇却令人崇尚的生命。

红花与绿叶，各美其美，美美与共，有诗为证：一句是"万紫千红总是春"（宋·朱熹），一句是：

"霜叶红于二月花"(唐·杜牧),一句是"红绿相扶上远林"(宋·陈与义)。

听琴赏乐,远听宜悠,近听宜扬;
观山赏景,远观如黛,近观如碧。

朝霞变成旭日,旭日变成骄阳,骄阳变成夕照——一首《光明颂》原来是大自然的千古绝唱。

阳光所以灿烂,因为不锈,故诗人心中的诗情浓浓;
月色所以皎洁,因为不蚀,故画家笔下的画境美美。

诗云:月有阴晴圆缺。
其阴是天,晴亦是天;
而圆是美,缺亦是美。
故这是哲学,亦是美学。

赏花赏月,可以醉心,且心旷神怡;
观山观海,可以励志,且志存高远。

春风宜赏花,故自有其美;
夏雨宜听琴,故自有其妙;
秋霜宜谈禅,故自有其悟;
冬雪宜吟诗,故自有其韵。

无论山高水长,还是山清水秀;
无论山水相依,还是山环水绕……
诗人触景生情,心中风光无限;
画家即景生境,笔下美景奇妙。

同样是仰望蓝天:"天高任鸟飞",是诗人笔下
的意象;
同样是面朝大海:"海阔凭鱼跃",是诗人心中
的意境。

没有深思,难有熟虑;
没有远虑,必有近忧。
故思虑只要适度,即不会焦虑,亦不会过忧。

天经地义是天理,天造地设是天机,天长地久

是天道,天高地厚是天尊。

俗话说:物以稀为贵。诸如时光和岁月稍纵即逝,尤其如此:其过得越快,所剩越少;其所乘越少,越是宝贵。故时光尽管流逝,只要岁月峥嵘,则不负韶华。

人类是感情动物,所以每个人一生中有时会感应,有时会感动,有时会感怀,有时会感念,有时会感激,有时会感恩……故感同身受时会溢于言表,而感人肺腑时则铭记心间。

热情使热望变得热烈,热烈久了,热情则会为激情;

热爱使热诚变得热切,热切久了,热爱则会为酷爱。

真情才有实意,深情才有厚意,浓情才有蜜意——如此,情意绵绵,方可情长意长。

真情,情同手足;实情,情投意合。故透过情愫,可见情怀;透过情怀,可见情操;透过情操,可见情志;透过情志,可见情境。

我们说"平平淡淡才是真",其越真越纯,故平淡并非薄情;

我们说"君子之交淡如水",其越淡越真,故清淡并非寡义。

无论温情,或是激情,还是豪情,其都是真情。它们所不同的是:激情是温情的释放,豪情是激情的奔放。

温情,心中的感受是温馨;热情,心中的感觉是热忱;激情,心中的感动是激奋——如此情真,则会意切;如此情投,亦会意合。

纯洁的友情是真诚的友谊,故应珍惜;
纯真的友善是诚挚的友爱,故应珍重。

当别人喜欢自己的时候,千万别忘了自己更要学会喜欢别人,如此才不负人间真情。

友情所以感动,是因为被深情感化;

爱情所以融洽,是由于被痴情融化。

人与人之间,相互知情的才会知心,而彼此共情的则会共生。

身边永远有不离不弃的亲朋,故友情不该因疏忽而疏远;

心中永远有志同道合的好友,故友谊不该因疏远而疏失。

一个被长常期冷落的人,心中最渴望的是温暖;

一个被经常冷嘲的人,心中最期盼的是温情。

情之所动,可能是热情,可能是温情,可能是激情,可能是豪情,其只要是真情,一定会因人因事因时而情有所属。

情投,才能意合;情真,才能意切。如此人情世故,既合情合理,更入情入理。

面对他人的不幸,安抚只是怜恤的温情;而如果能同时伸出援手的,则是温暖的爱心。

无论亲情友情,还是爱情,皆为真情,故人生要真正守好这份"情",要用毕生的真诚。

人间真情,只要是至情,将见而未见之时,其最期盼,而将别而未别之时,其最难舍。

念想和想念的不同:
许多念想,只在瞬间;
所有想念,永留心间。

不忘友情,虽然时光流逝,但感动之情永留心中;
难忘亲情,虽然岁月不居,但感恩之情永藏心间。

有的人讲情谊,不让人难为,故做人宽容,其有容乃大；

有的人讲情义,不给人难堪,故为人宽厚,其厚
德载物。

爱可以扩展,爱可以延伸……故大爱无疆;
爱更要铭刻,爱更要珍藏……故真爱永恒。

自爱是一己之爱,博爱是众生之爱;不弃自爱,
弘扬博爱,才是真爱。

爱人先自爱,自爱先自觉,自觉先自省,自省先
自悟。

生命有限,爱心无限,故无限的爱可以把有限
的生命延长。

怀揣爱心,便是满面春风,便是满目阳光,便是
一生快乐,便是一世美好。

不仅有情有义,而且更讲情讲义,故情才会是
世情,义才会是道义。

心声和,可以共鸣,故可望和衷共济;
心神通,可以共情,故可望通情达理。

真正的同情,是因为有同理心,而只有如此用情,如此明理,才会令人感动,让人感怀。

有时我们错怪人,是由于智商低;
有时我们错待人,是由于情商低。

情缘奇妙,是你是我是他的不期而遇;
精思微妙,是事是情是理的不言而喻。

没有离别,就没有重逢。故离别虽伤感,而重逢则欣喜,而且"伤感"有多伤,"欣喜"就有多喜。

讨喜,如果不是发自内心的喜欢,而只是为了博取他人一时的喜悦,其最后的结果只会是由于大失所望而自讨无趣。

随遇,只是一种缘分;

知遇，才是一种情分；
礼遇，则是一种名分。

心有灵犀，故有缘千里来相会；
言为心声，故话不投机半句多。

对最信任的人，才会说最诚实的话；
对最守信的人，才会做最靠实的事。

在友情中，微笑只是一种温馨；
在亲情中，微笑即是一种温暖；
在爱情中，微笑则是一种温柔。

苦笑，一定笑得很难堪；
傻笑，一定笑得很滑稽；
强笑，一定笑得很尴尬；
奸笑，一定笑得很诡异；
调笑，一定笑得很无聊；
嘲笑，一定笑得很无礼。

羡慕怡情，嫉妒伤情，恨则绝情。既然如此，情归何处,觉者自觉,悟者自悟。

一时冲动,则会感情用事,故很难做到谨言慎行;

深思熟虑,不会意气用事,故从来不会一意孤行。

想把话说得他人动情的,其有的却是花言巧语,投其所好,故绝非真情;

能把话说得他人动心的,其更多的则是动之以情,晓之以理,故无不贴心。

无知一旦再变得无情,则会肆无忌惮;

无聊一旦再变得无趣,则会百无聊赖。

见解有误,其有时因偏见而误解,故倍感遗憾;

理解有误,其有时因误解而曲解,则终生抱憾。

面对挫折,心灰意懒,则会坐失良机;

面对挑战,灰心丧气,则会大失所望。

说知情,有因为,就必须有所以,这是情理的因果;

说谋事,有不但,就必然有而且,这是事理的递进。

掌握和掌控是事物的两种境况,二者的不同在于:前者只可能事有所成,而后者则事必有成。

干事,要想有成,必须排除两种妄念:其一,遥不可及;其二,一蹴而就。而正常的心志应该是:其一,坚持不懈;其二,坚韧不拔。

干大事,要奋力而为,并奋发有为;
遇难事,要全力以赴,并有所作为。

事在人为,故因人成事。但要清醒的是:其即使是胸有成竹,胜券在握,也决不能有丝毫的疏忽,更不能有些许的懈怠。

俗话说:心想事成。这其中的意蕴包涵:其一,心不想,事不成;其二,心虽想,不去做,事难成;其三,心不仅想,更认真去做,则事必成。

事虽有大小,若论成效,其各有各的机遇,故只有抢抓,才会用实践验证胜算的真谛:机不可失,时不再来。

说话,能做到恰如其分,是得度;
办事,能做到恰到好处,是适度。

万事万物,纷繁复杂,故不能不想,但怎么想,却很关键:如果想得太简单了,其绝非聪明,而如果又想得太复杂了,则难说精明。

话如何说与事怎样做,在人生成长历程中是既重要又相关的两种素质,其理想的境况是:既要有谨言慎行的修持;更应有言必行、行必果的修为。

大事看志向,难事看志气,如此既有志向又有志气的,便是有所作为甚至大有作为的人生格局。

小气之人,心里从无大事,而即便是小事也会斤斤计较；

　　大度之人，从不计较小事，而无论大小事都会尽心竭力。

　　大事化小，小事化了，只有心胸和气量大的人才可以做到。如此，化掉的是烦恼，了却的是焦躁，得到的则是快慰和愉悦。

　　一心一意，是我们做事时的专注；

　　全心全意，是我们做事时的倾注——

　　如此执着不懈，才会有事半功倍的功效。

　　无论说话，还是做事，都不能太满，更不该太过，否则将会物极必反，故学会节制和控制，人生方可由自节而自律，由自控而自省。

　　有些事，虽然无足轻重，但要想做好，也应该举轻若重；

　　有些事，虽然无关大局，但一旦做成，也能够以小见大。

对有些事,看开就好;

对有的事,必须看透;

而对无关事,最好不看破,即使看破也不说破。

事虽有大小,其只有事半功倍,才最好,而事倍功半,是糟糕,若半途而废,则无可救药。

做不喜欢做的事情,有时是为了生存;

做特喜欢做的事情,则是惬意的生活。

办事讲究公正,其公者正,正者仁,皆为贤德。故此做人方可公而忘私,正大光明,而绝不会有悖公德。

无论为人,还是处事,其有真情才有实意,可谓情投意合;而有深情更有厚意,可谓情真意切。

认真做事,在认真中找到充实和快慰;

正直做人,在正直中找回真诚和善良。

闲不是无事可做,如若慵懒则会游手好闲;

忙不该凡事都做，如若蛮干则会忙中添乱。

不清不醒，做了傻事只能自作自受；
不节不制，做了错事只能咎由自取。

一事无成，有一种可悲是只知哀求，有一种可怜是一味乞求；而因人成事，则靠的是奋进力求和执着追求。

做事，有前手没后手的往往一事无成；
赶路，有前脚没后脚的往往半途而废。

蛮横者恨，狡诈者猾，所以不仅一事无成，而且成事不足，败事有余。

投机、欺瞒、狡猾、奸诈……这些劣行、劣性的劣根，如果根深蒂固，若就事论事，哪怕只有一种，其后果也必然是事与愿违。

糊涂的愚拙，有时是说不该说的话，有时是做不该做的事，有时是交不该交的友。

不该把今天应做的事留给明天，这其实是种惰性，而真正的进取者，今天的事务必今天做，决不拖沓，当然更不会因拖延而误事。

无论"料事如神"，还是"先见之明"，都是智觉的神明。故面对纷繁复杂的世事，只有如此方可先入为主，出人意料，出奇制胜。

古人云："为政以德。"这是就治国理政而言，其实做人又何尝不是如此，故始而立德，继而践行，实为安身立命之本。

历史赞颂伟人，因为伟人的功业伟大；
时代赞誉巨人，因为巨人的贡献巨大。

能听劝导的人，其正视自己，故值得信任；
能听劝谏的人，其尊重他人，故值得信赖。

人生自律，其勇于自我批评的人，受人尊敬；而敢于自我批判的人，令人崇敬。

真正高明的人,最诚服的一定是高人;
真正能干的人,最信服的必然是能人。

懂理的人,从来不大吼大叫;讲理的人,从来不大吵大闹。故有理的明理人,讲究的是以理服人,而决不会得理不饶人。

圣人难做,庸人愧做,小人不做。故做人,勿以善小而不为,勿以恶小而为之,则为贤良。

做人,坦诚是一种自信,坦然是一种淡定,而坦荡则是一种潇洒。

大人有大量,故为人方显宽容大度,处世方可豁达大气。

如何选才,怎样用人,其道有三:其一,要有才干和能力;其二,需有胸怀和胆魄;其三,应有格局和境界。

索思悟语

要真正和全面了解和评判一个人，不仅要看他人生的理想和追求，还应该看他生活的品质和志趣。

人无完人，故各有各的长处和短板，其有为的人生所以有成，是既可以扬长避短，更能够取长补短。

自律的人，才会有真正的自由；
自由的人，才会有真实的自在；
自省的人，才会有真正的自持；
自持的人，才会有真实的自度。

面对俗世的世俗，清醒的人不屑，故鄙视；
面对世俗的庸俗，警醒的人轻蔑，故远离。

人都有脾气，但分好坏，而只有脾气好的人，心气才会高，也只有心气高的人，正气才会满，如此生气勃勃，运气和时气绝对都不会差。

有自知之明的人，从不会随意高抬自己；

有知人之智的人,决不会轻易低估他人。

明白人,心中永远是晴空万里;
糊涂人,眼前总会是阴云密布。

用心专一,一心决不二用,可谓专注;
做人专一,一人不事二主,可谓专诚。

人缘好,朋友一定多;
人脉好,机遇一定多。
如此,可谓多多益善,好上加好。

自信的人,对他人从不轻慢;
自强的人,对他人绝不傲慢。

利人与利己相较,其实利人亦是利己;
求人和求己相比,当然求人不如求己。

与人,爱说长道短,是愚者的蠢拙;
与己,善扬长避短,是智者的智聪。

每个人,作为形象的完整,其包括正面、背面和侧面三个维度。所以,我们对自己的塑形,必须三者兼顾才堪称完美。

能化险为夷的人,是头脑聪慧,其智商高;
能化敌为友的人,是心胸豁达,其情商高。

讲规矩的人遵规,故有清醒的头脑;
守规矩的人依规,故有警醒的节操。

不随声附和的人,可以结识;
不附庸风雅的人,可以结交;
不趋炎附势的人,可以结缘。

每个人都有各自的长和短,其谦虚的人善于取他人之长补己之短,而智慧的人则在扬己之长的同时还会避己之短。

无论如何挑衅,无论怎样鄙视——只有敢于针锋相对的人,才是对邪性和恶俗的真正挑战和蔑视。

有的人，若需高看时不妨高看；
有的人，若需低就时那就低就——
如此处世，方可一视同仁。

人的选择能力如何，其决定因素有二：一是判断是否准确，二是决策是否果断。

识人不易，故有时离不开心术，当然更需要的是心智，而切忌和禁弃的则是窃用心机。

能自觉认错的人，是理智，故决不会一错再错；
有决心改错的人，是明智，故决不会错上加错。

敢于当面直言不讳的人，往往背后常说他人的好语；
惯于当面阿谀奉承的人，常常背后总说他人的坏话。

会听话的人，不仅在听对方说的是什么，同时还在想没说的是什么——故此，会说的永远不如会听的。

面对严肃、严厉的批评，并不是每个人都会从中受益，而其中受益最多和最大的是那些首先肯于并善于自我批评的人。

每个人都有各自的缺点，如何改正和克服的途径有二：一是自觉，能及时正视和改正自己的不足；二是虚心，能随时发现和学习他人的长处。

好人获得本该得的赞誉，是好人的修好；
恶人窃得不该得的声望，是恶人的恶为。

交友，多多益善。而实际情况则是：良友不乏，师友可求，诤友难得。

在我们所有认识的人中，其真正彼此了解的有限，其真正彼此欣赏的有数，而真正彼此互敬的则少之又少。

身边，只有关心你的人，才会欣赏你有多出色；

心中,只有关爱你的人,才会赞赏你有多出彩。

实心人实在,故可结识;
有心人有情,故可结交;
而多心人多疑,故须慎交,当然敬而远之最好。

面对客观事物中的难处或疑点,聪明人只知道是什么,而高明人不仅知道为什么,而且还知道怎么办。

做明白人,还是做糊涂人,就一般而言,似乎没有异议;而事实有时则是:就幸福指数而言,明白的糊涂人比糊涂的明白人要高明。

聪明人办傻事,是因为聪明过了头;精明人办错事,是因为精明过了度。故真正活出明白和活得明智的人,办事既不可滑头,亦不该失度。

有心机而无心智的人,本该说的往往不说,而不该说的反倒随口乱说;有心智而讲心术的人,不仅知道什么该说什么不该说,而且知道什么时候能说什么时候不能说什么。

每个人到底有多优秀,不能光凭自我的认知,而重要和更多的则是要看你在他人心中被感知和认可的程度。

出言不逊,只是一时情绪的失控,其言而无信,则是做人的失败。

人若三心二意,无论说什么,做什么,都不会特别上心;

人若真心诚意,无论怎么说,怎么做,肯定会特别在意。

明白人明理,故从不认死理。认死理,其实往往是不讲理,而如果进而咬住死理不放,则更成了蛮不讲理。

自轻的人,别人不会轻信;

争宠的人,别人不会宠信;

而只有守信的人,才会得到别人的信任。

恶人无德,心中包藏的是黑心、祸心;

好人有善,心中怀揣的是慈心、爱心。

一个人,如果从不被他人关注,其自觉的反省是:由于自身既缺乏对他人关护的良知,更缺失对他人关爱的善为。

傻瓜和笨蛋,本质上是一类货色,如果说真的有什么不同,只能说一个是缺心眼,一个是死心眼。

有一类蠢人,是在高估和炫耀自己已有能力的同时,却又无视和忽略了自己应有的潜质。

爱出风头的人,原本想引起他人的注视,却不料招来的是被嘲;

爱抢风头的人,原本想引起他人的重视,却不料惹来的是被讽。

自作聪明的人,往往自以为是,自命清高,自命不凡,如此任性的后果只能是自讨无趣,自寻烦恼,自作自受。

有人自以为聪明,有人自认为精明,其实都不过是一种自以为是的愚拙。故为人处世应切记的是:小聪明不好,太精明不宜。

有时候,有些人所以放不开,是因为太僵化;
有时候,有些人所以想不开,是因为认死理。

华而不实的人花言巧语,其往往言过其实,故不可轻信;
哗众取宠的人油嘴滑舌,其往往言不由表,故不可听信。

与人交谈,捕风捉影的调侃,绝非幽默;
与人沟通,胡言乱语的瞎扯,纯属扫兴。

有一种人,专门爱说别人的坏话;
有一种人,专门爱挑别人的毛病。
殊不知,这本身就是一种坏毛病。

说假话的人不诚实,故令人生厌;而轻信并吹捧说假话的人,更令人厌恶。

理屈词穷的人,其理是歪理,且又强说不得,所以只能哑口无言。

玩惯了心机的人,为了投机取巧,却一再错失良机,而当机关算尽之时,则会变得心灰意懒,忧心如焚。

妄自尊大的人,必然目中无人,最终自取其辱;胆大妄为的人,必然无法无天,最终自食其果。

无论是谁,如果一旦被讨嫌,一定有烦人之处;无论何时,如果一旦被嫌弃,一定有恼人之处。

人有时不能太忙,其一旦成为忙乱,则越忙越乱,以至杂乱无章。

人一旦自己犯了错,却没有及时知错改错,反而是找各种理由辩释和开脱,结果只会是错上加错，以至一错再错。

人所以活得既烦又累，有时是想入非非，有时是无事生非，有时是混淆是非。

所有坠入沟壑的人，要么是失足，一时大意，要么是失控，没有悬崖勒马。

总想贪图安逸的人，时间久了，一旦成为陋习和邪性，则会变得好逸恶劳。

不善学的人，浅尝辄止，故才疏学浅；
不善听的人，置若罔闻，故孤陋寡闻。

人一时缺失了感知，还只是一种缺憾，而一旦丧失了理智，则必然会失度，甚至失节。

"爷"气十足的人，多数是从装孙子起家的。

人的一生，虽然可以成就许多事，却难免也有追悔之时，诸如：曾经有些本该也可以成就的事，当时却要么若无其事,放任自流,要么敷衍了事,错失良机。

做人正直,做事正派,就必须挺起胸膛和挺直脊梁,而切忌的是决不能低头、弯腰、屈膝。

做人做事,讲究心中有谱。不然,没谱不好,离谱更糟,而真正的靠谱是:在绝不跑调的前提下,该高调的时候从不失度,该低调的时候则会适度。

因人成事,是常理,也是真理。故与人与事,轻视不好,其往往容易忽略,甚至厌弃;而对人对事,轻率不好,其往往容易冲动,甚至莽撞。

与人与事,不是不可比,看怎么比。若比上不足时,则闷闷不乐,而比下有余时,则沾沾自喜——如此比来比去,其越比越没志气,越比越显俗气。

为人处事,有的低调,不仅是自谦,而且是自信;有的高调,看似是自信,其实是自傲。

处人，选择犹豫，可能会错失良缘；
遇事，抉择犹疑，必然会误失良机。

做人，只知投其所好，还是真实的自己吗；
做事，只有投桃报李，才会做真情的自我。

论人，不以贫富说贵贱，而看重的是人品；
说事，不以成败论英雄，而权重的是事理。

与事，总爱指手画脚，是轻率不负责任；
与人，总是点头哈腰，则卑贱有失尊严。

做事，锋芒毕露，是一种冒失，故必遭损；
做人，韬光养晦，是一种智慧，故必受益。

对人是否不卑不亢、不骄不躁，对事是否不折
不扣、不屈不挠，其对人对事的态度，最终影响和决
定的是人生的跨度和人品的高度。

做人，刻板了容易呆滞；
做事，刻意了容易虚浮。

故做人做事,真心实意最好。

做事,攀比太累,故不可取;
做人,攀附太俗,故不可为。

做人心气要平,才会做到心态平和;
做事心志要高,才会做到心境高远。

做人不能随意,太随意了则会变得轻率和随便;
做事不能随性,太随性了则会变得轻浮和随从。

做人低调,绝不是低声下气;
做事低调,更不该低三下四。
如此低调变为低下,人生哪还有什么气度和意志。

好人做好事,习以为常,其自然尽心竭力;
坏人做好事,一反常态,其必然别有用心。

何谓好人？最起码的认知是：存好心，许好愿，说好话，做好事，求好缘，有好报……故好人一生平安。

人与人之间，有种种关系。而如何通"关"却不简单——如果做对了，做好了，"关"就是一道通行的门；如果做错了，做遭了，"关"就是一道挡路的坎。

既然是凡夫，难免有过错，但重要的事，切不可犯错；

既然是俗子，总会有过失，但关键的事，决不能有失。

避嫌，躲避是无奈，逃避是无能，而规避则是智者的智略。

谦恭，是一种优秀的品质。

其谦，可以谦虚，但不可谦卑；

其恭，可以恭敬，但不可恭维。

身体力行，努力也好，奋力也好，必须尽心竭力。

追赶，只有坚持，方可后来居上，故不留遗憾；
追随，只因盲从，所以不计后果，故难以启齿。

不作为，作茧自缚，怎么能抱怨他人；
有作为，破茧化蝶，绝不会依赖他人。

无为且自卑，必然无所作为；
有知且自谦，方可知所不知。

自信者信奉的是：自强、自立；
自尊者信奉的是：自重、自爱。

真正的志者，勇敢且不忘慎行，故身陷困境时，才会大胆决断；
真正的智者，果敢且善于熟思，故面对困惑时，才会精准判断。

有难题，志者从来不会找借口逃避，而是勇于面对,并最终总能找到出口,其出口即是难题攻克后的出路。

面对艰难,志者迎难而上;面对危难,勇者临危不惧……故即使是面对千难万险,只要是强者,则会知难而进,化险为夷。

无论攻坚,还是克难,都离不开气势。其要有气势,有时需要借势,而更多的时候却离不开造势,如此方可势不可挡,其艰难终被攻克亦势所必然。

敢闯不能乱闯,不然则会到处碰壁;
敢干不能蛮干,不然则会随时添乱。

勇敢和鲁莽相邻而居,但从不串门,故各是各的状况,当然亦各有各的归宿。

不以受累为受罪,而把吃苦当吃补,如此还有什么困难不可克服,还有什么艰难不可战胜!

从业要有思路,思路决定出路;

创业要有创意,创意决定创新。

勇于创造,创造力是创造者的品格和魄力;
敢于创新,创新性是创新者的品行和魅力。

容忍,作为一种素养,忍就要能容:其既要宽容,更能包容,如此方可做到容让和忍耐。

忍,有时要能容;忍,有时要能让。故"容让"即是一种情怀,更是一种境界。

宽容,可以容忍,也可以容让,但一定要看对什么人,也要分什么事,不然一旦失度,好心也可能办错事。

只有先学会忍受,才可能有未来的享受;
只有先懂得忍耐,才可能有来日的能耐;
只有先作出忍让,才可能有当下的容让。

知足,方可知止,其知止而后安;
知羞,方可知耻,其知耻而后勇。

祸福也好,得失也罢,往往互为因果。故只有领悟了这个道理,才可以该拿起时拿起,该放下时放下;才能够不该得时不得,而该舍时则舍。

有些失去,其实是本不该得到,这是人生的有幸;

有些得到,其实是曾经的失去,这是人生的庆幸。

路漫漫其修远,其求索既有希望,也有不测,而只要坚持不懈和自强不息,不期而至的一定是惊喜连连。

长与短,其扬长避短,长则更长;其取长补短,短不再短;而说长道短,其长未必是长,短则必然是短。

哲人云:沉默是金;俗话说:贵人语迟。其既是至理,又是名言,可谓大雅大俗,雅俗共赏。

一言九鼎，故言而有信，信则绝无戏言。

人前说人，只要出于公心，绝不能信口开河；
人后说人，只要秉持公正，绝不能信口雌黄。

信口开河，当说别人是蠢货的时候，其实自己已失去了应有的自尊；
胡言乱语，当说别人是贱货的时候，其实自己已失去了应有的自重。

有时，关键不在于说什么，而是做什么；
有时关键不在于做什么，而是怎么做；
而最终关键不在于怎么做，而是做得如何。

争论是用智力比高低，争斗是用威力比强弱，争雄是用实力比胜负。

所谓规则，既是规矩、规范，又是原则、准则，所以必须遵循和恪守。

无论规定、规矩、还是规则，只有时刻不忘并严格遵守,才会形成应有的规范。

优点和缺点相较,其不该轻视的是正视缺点,这样缺点才不会成为缺憾;

成功与失败相较,其不该轻视的是反思失败,知此失败才不会成为失悔。

缺点是什么? 一般情况的认知是:一个人真正的缺点是自认为没有缺点;而还有一种情理的认定是:一个人最大的缺点是明知自己有缺点却不愿正视和改正。

缺点的存在,使人的优点更真实;而缺点的缺失和缺憾,使人的优点更显优异和优秀。

有人说,错误是不自觉犯的;有人说,教训是用失败换的;而事实的悖论是——有的错误为正确埋下种子,有的失败为成功铺平道路。

太理想了反而不现实,理想的现实应该是实事求是;

太完美了反而不真实,完美的真实有时是瑕不掩瑜。

完美只是理想,缺憾却难以规避,完善则在它们之间铺路和架桥。

清而静,其清闲是让人消遣的;
清而爽,其清欢是让人享受的;
清而幽,其清雅是让人玩味的;
清而亮,其清丽是让人欣赏的……
故激浊扬清,清者自清,浊者自浊。

是非分明要明察秋毫:徇私舞弊是妄为,损人利己是私欲,欺上瞒下是劣迹,阿谀逢迎是虚伪……凡此种种,该远离的远离,必须清醒;该规避的规避,必须警觉。

被人欣赏,则会活出情趣,故令人珍惜回味;
被人称赏,则会活出志趣,故让人珍重玩味。

谁被关注,谁会感到庆幸;

谁被关心,谁会感受欣幸;
谁被关爱,谁会感悟喜幸。

古语云:"天道酬勤"。
其"勤"——
既要勤苦,苦尽才会甘来;
亦需勤劳,劳苦方可功高;
更应勤奋,奋发终将有为。

"难得糊涂,吃亏是福",是睿智箴言。因为,
有些人认为小便宜不占白不占,更有人觉得大便宜
能占更得占。而事实的训导是:既没有免费的午
餐,更不会天上掉馅饼。

有一种快慰,不仅是得到了本该得到的,而恰
恰是失去了本该失去的。

勤劳致富,无论是富有,还是富足,切不可炫
富;
穷则思变,无论是渐变,还是巨变,切不可变
态。

概全,更不该为了苟全而委曲求全。

比较,有时是一种较量,当然也是一种较真;
比对,有时是一种对照,当然也是一种对峙。

先知者先觉,故可先声夺人,先入为主;
后知者后觉,则可后发制人,后来居上。

好逸恶劳,怎么会不劳而获;
任劳任怨,决不会徒劳无功。

气不是轻易生的,火更不是随意发的。故只有那些能自控的人,才是精明;而对于那些能知止的人,更是高明。

有脾气,小发是脾性,大发是火气,而只有不发,则会脾和气顺。

舒适要有分寸,不然,一旦掌控失度,过了则会无聊;

舒服应讲适度,否则,一旦把控失调,过了则会懒散。

高明有多高,精明有多精,其实都是有度的,而一旦过了头,则高不再高,精难再精,其无论高明还是精明都无非是自作聪明罢了。

能不能赚钱,有时商机只是契机;而会不会赚钱,更关键的则是要有智商和情商。

生意场上,真正的最大赢家,其不仅在竞争中赢得了生意本身,而更关键的是让竞争对手输得心服口服。

小聪明要不得,太精明要不得,而真正的高明是既有自知之明,更有先见之明。

与其自作聪明,何不以人为镜。因为自作聪明必然自以为是和自鸣得意,而以人为镜则可以镜明得失。

心眼不能太多,太多了看什么都会眼花缭乱;

心机不宜太多,太多了做什么都会心烦意乱。

不甘落伍,卓尔不群,可以骑驴找马;
不自量力,盲目自信,竟然指鹿为马。

庸人自扰,必然自寻烦恼,以至自讨无趣;
夜郎自大,无不自欺欺人,以至自惭形秽。

自以为是,自鸣得意,自命不凡——其自傲必然遭损;
反躬自省,师心自用,洁身自好——其自勉必然受益。

不自夸,是一种真实;
不浮夸,是一种诚实;
不轻许,是一种智觉;
不自许,是一种清醒。

俗话说:与人方便,自己方便。与此相反,也可以说:为难他人,其实就是为难自己。

底气不足，就怕泄气，而为了争气，首先要沉住气，然后一鼓作气，方可意气风发，扬眉吐气。

怀疑，无论置疑，还是质疑，都不该动歪脑筋，只有如此，该释疑时才会主动释疑，该释怀时才会自觉释怀。

对视，东张西望，不够专心；
对话，东拉西扯，不够用心；
对质，东拼西凑，不够诚心。

无休止的争吵，心烦气躁，如不劝阻，则会心神不安；
无休止的打闹，心急火燎，如不制止，则会心惊肉跳。

顾此失彼，自我迷恋，则会怅然若失；
因小失大，自我迷惑，则会得不偿失。

随波逐流，只是随性，故时有迷惘；
随心所欲，却是任性，故必有迷离；

随遇而安，则是智性，故难有迷失。

徒劳无功，凭什么坐享其成，故问心有愧；
不劳而获，凭什么坐收渔利，故于心不安。

举棋不定之时，机遇常常擦肩而过，故如此反复无常，再多的希望也都会成为失望。

自欺者，可鄙；
欺人者，可恶；
自欺而又欺人者，既可悲，更可憎。

尴尬，有时是本想说却不能说的无奈；
无奈，有时是本该做却不敢做的窘迫。

挫折，对弱者而言是坎，对愚者而言是沟，对志者和强者而言则是台阶。

何谓满足，其真正智慧的诠释就是两个字：知足；而且只有知足，才会常乐。

有时我们错看人,是由于智商低;
有时我们错怪人,是由于情商低。

主动放下身段,从来不会比别人低;
自觉放低姿态,从来不会比别人差;
而真正的低下和差次,是自以为高大上。

成人之美,可以成全,但不能为了求全而以偏概全,更不该为了苟全而委曲求全。

面对危机,既无智,又无勇,其靠玩心机则难有契机,而靠投机则更无转机。

身陷困境时,不要摇摆不定;身处迷境中,不要犹疑不决。否则会举步维艰,甚至止步不前。

饭给饥人吃才香,衣给寒人穿才暖。故此,曾经的饥寒交迫是精彩人生经历的宝贵财富,其只有倍加珍惜,才会更有意义和价值,也更值得咀嚼和回味。

怀揣梦想,而只在梦里追逐,并长梦不醒,其再美再大,梦只是幻梦,想则是妄想。

决断必需果断,否则犹疑不决,其举棋不定之时,机遇往往擦肩而过。故如此反复无常,再多的希望最终也都会成为无奈的奢望。

不管什么东西,如果没被放在该放的地方,则会被忽视、被无视;如若被放在了不该放的地方,则更会被歧视、被鄙视。

俗话说:"比上不足,比下有余。"故对于没有主见和定见的人,其比来比去,越比越迷惘,越比越失常。

"劳"与"逸",劳逸结合方为佳境。否则,好逸恶劳必然一事无成,以逸待劳不会坐享其成。

甘与苦,是两种完全不同的滋味,怎么体验,不同的人生迥然有别:其有的先甜后苦,甚至苦不堪言;有的先苦后甜,最终苦尽甘来;而有的则与人同甘共苦,甘苦分享。

委屈有时是被原本了解自己的人误解,而冤屈则有时是被故意屈尊自己的人屈辱。

掏心掏肺,可谓真正的友情,而一旦破裂后的苦果则是撕心裂肺。

讨喜,如果不是发自内心的欢喜,而只是为了博取他人一时的喜悦,其最后的结果只会是大喜过望和自讨无趣。

玩笑是最不好玩的,开不好往往出丑,甚至被人取笑,成为笑料。

矫饰当然不好,但面对矫饰,矫揉造作或矫枉过正则是更大的矫情。

俗话说:没有规矩,不成方圆。故严苛的现实是:既不守规,也不依矩,方则从不会正,圆则决不会满。

偏见不自知,还自以为是高见,其实是愚妄;
歪理不自明,还自以为是真理,其实是荒诞。

急功近利,想一步到位,无异于痴心妄想;
好大喜功,想一举成名,简直是异想天开。

性子急,一触即发,怎么会蓄势待发;
样子丑,不堪入目,怎么能掩人耳目。

有头脑不用,死水一潭,哪来的生机;
有手脚不动,呆若木鸡,哪来的活力!

再有本事,不出手,只能是看家本领;
再有能耐,不出招,最多是身怀技艺。

说空话,大言不惭,故言而无信;
说假话,胡言乱语,故言不由衷。

不尽力而为,则会无所作为;而无所不为,则会
胡作非为。

俗话说:死要面子活受罪。其大体意思不外乎:本来没有面子,却非要面子,结果反而丢尽面子。

俗话说,气不打一处来,其可能来自烦恼,来自焦虑,来自幽怨,来自悲戚,来自脆弱,来自无助……殊不知,如此久了,原本就在身边的快乐和心中的愉悦却被越推越远,以至渺无踪影。

误解,难以解误,是迷误得太深;
误失,一再失误,是讹误得太久。

贪欲是下贱,是低贱,亦是最大的卑贱,其要么是得不偿失,要么是一无所得。

有时,无知嘲笑幼稚,是更大的幼稚;
有时,幼稚蔑视无知,是更大的无知。

胃对嘴说:你不要太馋;
嘴对胃说:你不能太贪。

大对犬说：多一点不如少一点；
太对大说：少一点不如多一点。

风声、雨声，不辨听则难说差异；
蛙声、蝉声，不比听则难说不同。

鸟雀的命运：飞得越高，离围网和囚笼就越远。

林中鸟和笼中鸟，相同的是，它们都有飞翔的美梦，而不同的是：前者任享自由，后者奢望自由。

是悬崖勒马，还是飞蛾扑火，其一念之差，命运却截然不同。

俗话说：一把钥匙开一把锁。但要切忌的是：锁绝不能生锈，钥匙绝不可丢失。

锁一旦锈蚀之后，即使是金钥匙，也很难把它打开。

不倒翁从不摔跤，并引以为傲，却不知其最大的悲哀是寸步难行,甚至画地为牢。

依葫芦画瓢,即使再巧的匠人,其眼前葫芦还是原来的葫芦,而笔下的瓢却永远不会是臆想中的瓢。

海所以容纳百川,其不仅仅是敞开了胸襟,而更关键的是由于把自己放在了最低处。

如果你是大江,就要奔腾不息,如此方可江河壮丽;

如果你在大海,就要敞开胸襟,如此方可海纳百川。

越是长夜,越是暗夜,越是寒夜,不灭的明烛越是闪亮;

越是大漠,越是荒林,越是莽原,翱翔的雄鹰越要飞越。

山不该秃,秃则无景;

路不该断,断则无行;

湖不该枯,枯则无影。

面对大山,翻越为攀高,攀高为登顶,然而登顶决不会居高不下,其真正的目的和意义是:攀高是为了历练坚忍不拔的精神,登顶是为了领略高瞻远瞩的景观。

想一览无余吗?那就得高瞻;
想一望无际吗?那就得远瞩。
故只有登高望远,方可开阔视野,大开眼界。

人比山高,是不弃攀登时的一道风景;
脚比路长,是不停跋涉时的一路风光。

既能逢山开路,还能遇水搭桥,如此方可领略和欣赏到奇美独特的山水风光和景色。

山路九曲十八弯,故忽高忽低,时隐时现,所以有的美丽风景深藏在幽谷间,而有的靓丽风光则出没在云雾中。

夹着尾巴做人的同时,却始终昂首挺胸的前行者,其虽然前路漫长,但一定前程似锦,前途无量。

一路前行,目标明确的,心无旁骛,当快则快;而方向迷失的,则会徘徊不前,甚至步入歧途。

盲目是:只知上路,不知目标;
盲从是:只知赶路,不辨方向。

走路,有一种人有个习惯,只要前面没人领着就宁肯等下去,而且还误认为,哪条路上走的人越多,哪条路就越有前途。

往前和往后的路其实是一条,关键是:正确的判断会一路远行,而错误的抉择则背道而行。

一路远行,当无前路时,只有另辟蹊径,方可峰回路转,绝处逢生。

当"山穷水尽疑无路"时,却能"柳暗花明又一村"的前行者,一定是智和勇携手的特立独行。

举足只是起步，投足才是上路，驻足则是停息，而只有远足方可一路畅行，行将致远。

一路前行，当然要向前看，但有时低头观察是为了把脚下的路走得更稳，其偶尔扭头回望是为了让眼前的路方向更准，如此方可少走弯路，当然更不会步入歧途。

千里之行，始于足下。故只有不畏险阻，一路走过，身后的脚印无论深浅，还是明暗，其都是每个有为人生脚踏实地烙刻的印记。

精神家园

英模是旗
英烈是碑
我们景仰
景仰他们的
品格和德行
我们缅怀
缅怀他们的
生死和不朽

英模是旗，英烈是碑。
我们景仰，景仰他们的品格和精神；
我们缅怀，缅怀他们的生死和不朽。

既然英烈是学习的榜样，就应该永志不忘；
既然圣贤是崇拜的偶像，就应该世代景仰。

能把瞬间改写为永恒的是英雄，能把永恒定格为不朽的是英烈。

崇拜的偶像，才是最高大的；
坚韧的精神，才是最强大的；
信仰的真理，才是最伟大的。

思想辉煌，是为人生增光；
精神屹立，是为生命礼赞。

幸福美满的人生，心中不仅有一个阳光乐园，同时还有一座精神家园。

俗话说：有理走遍天下，无理寸步难行——这既是真理的强大,更是真理的魅力。

真理所以强大,其不论从任何经纬度审视,一字一句无不是真知灼见,故面对谬误时从不会理屈词穷。

面对真理的强大,谬误争辩的结果只能是:要么强词夺理到处碰壁,要么理屈词穷自讨没趣。

在真理面前,歪理如不认输,最后无理可辩时,必然成为邪说。

面对真理,谬误的荒谬之极是永远在自不量力的较量中循环而不自知。

谬误不识时务,有时在真理面前大肆狡辩,其实是最讹误的误入歧途;
谬误自不量力,有时在真理面前恣肆诡辩,其实是最荒谬的谬之千里。

无论无知是形幼稚是影,还是幼稚是形无知是影,其真理的辨识是:形影不离。

信仰,就应该高瞻,高瞻方可远瞩;
精神,就应该巍峨,巍峨方可屹立;
思想,就应该放飞,放飞方可远行。

不忘初心,牢记使命,是信仰的力量;
不怕牺牲,无私奉献,是精神的魅力。

时代在变迁,社会在发展,人类在进步,故在这所有改变和进化中,人生必须始终坚守的信念是:牢记初心,不辱使命。

一般而言,奉献是人人都追求的,之所以各有不同,是因为各所体现出的精神和价值不同而已。

前行,既然追求已经上路,那么理想和信念也同时出发了,而能否一路远行,关键就看是否有坚定顽强的意志和坚韧不拔的精神。

开拓者的微笑,是精神绽放的芳容;

索思悟语

开悟者的欣喜,是思想飘溢的馨香。

志气,要有思想的滋养,如此方可朝气蓬勃;
勇气,要有精神的颐养,如此方可意气风发。

思想有如一束光,在眼前闪烁,不分昼夜;
精神恰似一座碑,在胸中矗立,不分四季。

人当然应有理想,但必须要讲境界:其境界越
高,抱负越大,雄心越壮,斗志越旺。

当人贫困之时,思想的贫乏最可怕;
当人富足之后,精神的富有最可贵——
贫富之论,这只是一个角度,但却是最智慧的。

人生追求,渐行渐远,故永不言弃;
生命挑战,越挫越勇,故永不言败。

希望当然渴望,故应努力追求;
期望值得期盼,故要不懈追求;

追求,努力就得发力,而且要尽心竭力,发愤图强;

拼搏,发力就得奋力,而且应不遗余力,奋勇向前。

成功是心中的理想,追求则是脚下的目标,而如果想最终抵达理想的目标,则必须信念坚定和意志顽强,并坚持不懈和自强不息,方可一步一个脚印,一步一级台阶。

思想有多远,追求就有多远;

追求有多远,前路就有多远。

故前路漫漫,则是人生的远大目标和志向。

希望当然美好,故应追求;渴望值得期待,故要不懈追求;而奢望则会失望,其最终只能绝望。

希望,从不满足,故追求渐行渐远;

欲望,永不知足,故奢求越走越偏。

只要追求在追求的路上,当我们的工作成为志趣时，我们是快乐的，当我们的事业成为志向时，我们是幸福的——这是快乐和幸福的至高境界。

敢想敢干敢闯，唯有敢字当头，其行动果敢才会果断决策，而行为勇敢则会勇于担当。

面对强悍或强势，只有把自己变得强劲和强大，方可奋发图强，自强不息。

勇气是什么？有一种认同是：在危难面前从不退缩，而是迎难而上；

勇敢是什么？有一种认可是：在艰险面前决不逃避，并能化险为夷。

勇敢作为一种优良品质，其"勇"若勇武勇猛，方可为之变得更加优秀，其"敢"若敢作敢当，才会为之变得更加优异。

"不入虎穴，焉得虎子"，是无畏；"明知山有虎，偏向虎山行"，是大无畏。故无畏，是义无反顾，如破釜沉舟一般，像赴汤蹈火一样。

敢作为,能够实现大目标,只要坚持不懈;

有作为,可以成就大事业,只要坚韧不拔。

有一种成功非同小可:首先是志气把危机转变为机遇,然后是智略把机遇转化为机会。

有人认为,热受是成功的左手,勤奋是成功的右手,而方法则是手中的钥匙。我则以为,还有智慧更与成功一路相随——成功之前,离不开智慧的启悟;成功之后,更需要智慧的驾驭。

热爱事业,事业重在发展,没有发展谈何成功;

热衷创业,创业贵在出新,没有出新谈何拓展。

不甘言败,作为一种心理素质,只要自信满满并自强不息,在追求成功的路上才可能屡现反败为胜的惊喜。

做志者,其头颅高昂,是因为有崇高的信仰;

做强者,其身姿挺拔,是由于有坚挺的精神。

有志气，敢于直面艰难；
有胆魄，勇于挑战艰险；
而有担当，方可战胜千难万险。

志者志在四方，所以经得起证验；
勇者勇往直前，所以经得起考验。

志者敢想，故志存高远，其志气更是气魄；
勇者敢为，故勇往直前，其勇气更是气势。

真正的志者不是志大才疏，而是志存高远；
真正的强者不是强人所难，而是自强不息。
故只有真正志勇双全的人才会在追求成功的
路上一往无前。

困境中的坚定，让信心倍增；
危境中的坚韧，让意气风发；
绝境中的坚强，让希望重生……
故人生逆境则使志者的斗志昂扬和壮志凌云。

迷而不惑，方可走出迷境，其凭的是智术和智谋；

困而不厄，方可摆脱困境，其靠的是志向和志气。

在岔路口不迷路的是智者，而一旦真的迷了路也会迷途知返；

在绝路上不绝望的是志者，其即使再绝望的绝路也会绝处逢生。

勇敢和果敢，敢打敢拼方可无往不胜；

勇猛和威猛，猛打猛冲方可出奇制胜。

勇敢是胆量，故敢于蔑视艰难，其难不再难；

勇猛是胆魄，故勇于挑战艰险，其险不再险。

勇敢和勇气，作为一种品格，所体现出的是一种精神；

果敢和果断，作为一种品行，所展现出的是一种力量。

身处困境,敢挣脱的是志者,能超脱的是强者,而求解脱的是弱者,想逃脱的则是庸者。

面临危机,智者说:挑战危机,危机又何尝不也是一种机遇;

身陷危机,志者说:战胜危机,危机又何尝不也是一次转机。

弱者,在困境中困扰,是失势时的无奈;

强者,从逆境中逆转,是造势后的无畏。

追求梦想,其可贵的一点是要有耐心,因为有了耐心才会有耐性,有了耐性才会有耐力,而一旦有了心性坚忍的耐受力,梦想终会成真。

得与失、成与败,往往互为因果。故曾经的失落,却使志者成长;曾经的失意,却使勇者成器;曾经的失势,却使强者成功。

只要奋进,就会前行;只有挺进,才会远行——如此坚持不懈,目标在心中,追求在脚下,成功就在前方。

成功使人奋进，失败令人沮丧，但无论奋进，还是沮丧，都不可止步驻足，只有如此，成功才不会前功尽弃，失败才不会一败涂地。

打开成功之门的钥匙不止一把，而且往往因人而异：其有人手里拿得是顽强，有人手里拿得是坚韧，有人手里拿得是智术，有人手里拿得是谋略……当然，更多的人是手里拿的不止一把，正因为如此，成功之门才会随打随开。

面对众多成功事例，既不能只知羡慕谁比谁更喜出望外，亦不该心生嫉妒谁比谁更名声显赫，而应该真正学习和比对的是：谁比谁更勇敢顽强，谁比谁更足智多谋。

有一种转败为胜出奇，其奇就奇在是由于化敌为友；
有一种功败垂成怪异，其怪就怪在是由于认敌为友。

真正和最大的失败，是当我们离成功最近时却没能抓住机会，反而错失机遇，其结果功败垂成。

真正的成绩，从不浮夸；
真正的成就，从不吹捧；
真正的成功，从不邀赏。

天道酬勤，是有为人生的共识。故成长不会一蹴而就，成才不会一举成名，成功不会一步到位。

真正的人才，并非只与学历相关，而同时相关的还有所具备的各种能力——诸如：一是实力，二是毅力，三是魄力，四是智力，五是潜力……

能温故知新的是人才，能推陈出新的是英才，能革故鼎新的是奇才。

人才，有的出类拔萃，而有的则脱颖而出。故疑人不用，用人不疑，选才和用才决不能论资排辈。

卓越的人才百里挑一,因为其既有百折不挠的精神,亦有百战不殆的魄力,当然更有身价百倍的功名。

人才,深思熟虑,方可有真知;
英才,深谋远虑,方可有灼见。

英才有卓识,其博学多才,故有所作为;
雄才有韬略,其韬光养晦,故大有作为。

诚实而有才华的人,实干是其品质;
聪明而有才气的人,巧干是其素质。
故用人必须知人善任,如此方可人尽其才。

有才无德,即使才高八斗,也绝不会德高望重。故真正的人才,必须是德才兼备和德艺双馨。

德才兼备,方为人才。而相反,缺德而且失德,其必然以怨报德;无才而且妒才,其必然才疏学浅。

或有才无德,或有才无能,却不自愧,竟谎称人中才俊,真可谓大言不惭,其作为人才当然绝对不可造就。

创新有时需逆向思维,另辟蹊径,所以只有打破常规,方可别开生面,独树一帜。

对于创新性人才,除了应有果断的决策力和执行力,其想象力和创造力更缺一不可。

特立独行的人拥有个性和才情,其既无视身边的非议,更不屑背后的嘲讽,故卓尔不群,方有奇特的奇思、独特的独创。

妙手奇巧,高手精湛,故优异的人才,既是妙手,亦是高手,如此人尽其才,方可出奇制胜,励精图治。

"世界上怕就怕认真二字",对这句名言的诠释之一:无论成长,还是成才,特别是成功,其都是有为人生因认真而收获的丰硕成果。

在问题出现之前就杜绝了的是人才,当问题出现之后却不能妥善解决的是庸才,而当面对问题时一筹莫展的则是蠢材。

愚者无视人才,而智者却善于发现人才;
庸者嫉妒人才,而志者却敢于发掘人才。

没有真的才干,怎么会有真的才能;
不是同道之人,怎么会有同理之心。

才高宜谦,但谦若不卑微,是真才气;
情痴宜真,但真若不虚饰,是实情操。

识才而不宠才,否则,宠而无度则容易恃才傲物;
爱才而不妒才,否则,妒而失常则难以人才辈出。

古人云:蝶为才子之化身,花为美人之别称。故今人说:庄周梦蝶不梦花,天女散花不散蝶。

古人云："积财万千，无过读书"，"穷理之要，在于读书"，"为善最乐，读书更佳"。故读书，开卷有益，多多益善。

人生，有书味相伴，一定是美好的；
社会，有书香充溢，才会是和谐的。

爱书，作为一种情趣，是人生感怀的志趣；
读书，作为一种志趣，是生命感悟的志向。

"开卷有益"，是就一般意义而言；而究其实情是：书有优劣之分，更有好坏之别，其要想有所获益，必须择优、择美、择善而读之。

书有好坏，它们的截然不同在于：一本好书，可以使人终生受益；一本坏书，则会误导甚至毁掉人的一生。故嗜读，其好读书还只是一种渐入佳境的状态，而读好书才是一以贯之的理想境界。

在喧嚣的俗世，能与书交友可谓是一种时尚，而能与书共融则是一种崇高。

喜欢读书,更多的是与爱书人的情趣相关;而喜欢读什么书,则是与爱书人的志趣相关。

嗜读,读书改变的不仅仅是学养,而同时还有素养;

悟读,读书完善的不仅仅是修养,而同时还有涵养。

嗜书是一种高尚的心灵美德,求知是一种崇尚的精神富有。故在人类进步和社会发展中,书籍是何等宝贵无可置疑,读书又是何等重要。

读书的初始境况是:由无知而有知,由少知而多知;

读书的提升境界是:由厚积而薄发,由深入而浅出。

爱书,真正的嗜读,有一种境况是:不是已经读过了多少书,而是还有多少该读而尚未读的书。

有的人初始是为求知而读书,有的人却是书读多了之后反而发现有更多的未知——其前者只是初心之所向,而后者则是痴心之所悟。

书味人生是:因爱书而读书,因读书而买书,因买书而藏书。故由于如此专注,才会有生活情调的专情;亦由于如此痴迷,才会有生命情志的痴情。

书趣人生是:不无聊,因为爱书;不寂寞,因为读书;不浮躁,因为写书……如此,人生有味即书香,其香,既是幽香,亦是远香,更是心香。

读书愉悦人生,更多的是说精神境界;知识改变命运,更多的是指人生格局。总之,人不能无知,无知必然幼稚,故无所适从;人更不能无智,无智必然愚稚,故无所作为。

读书,其"情趣"是最初的启蒙,而"志趣"则是毕生的导向,正因为如此,才有了人生情操的渐变陶冶和志向的渐进升华。

读书一心求真,读书悉心向善,读书尽心追美。一个人,如果能养成如此良好的读书习性并持之以恒,其将是生命中一笔取之不尽用之不竭的精神财富。

读一本好书,并从中受益,要么是和书中的人物共情,要么是和书中的故事共鸣,要么是和书中的情境共融。

人生读书,其特点一般是:前半生偏重于多,而且多多益善;而后半生倾向于精,而且精益求精。

读书之境界:
一是博览,因博学而纵览;
二是品赏,因品读而鉴赏;
三是悟化,因解悟而入化。

好读书,读好书,开始读出的是情趣,进而读出的是意趣,最后读出的是志趣。

好读书,美文如鲜花,昼夜绽放;读好书,经典似阳光,四季生辉。

真读书,其由于认真,故不舍昼夜和四季;
好读书,其由于酷好,故难分当下和毕生。

"知识就是力量",这是培根的名言,"知识能塑造人的性格",这是培根曾引用过的名言……而书籍,正是知识的源泉,故书若如水,我即为鱼。

"读书是一件乐事,藏书更是一件乐事。"(叶灵凤)故真正的爱书人,同时也必是藏书人。就一般而言,其藏书的特点有三:其一,首先藏因所好;其二,注重藏为所用;其三,讲究藏有所值。

人生苦短,耐不住老,也来不及老,其只有勤思苦读和精思研读,才会活得充实,才会活出精彩。

读书只是播种,运用才是收获。故读书为用,其活的书只可以活学活用而决不可死记硬背。

爱书,书是良师益友。故与书对话,是有志人生的无穷智慧,是有为生命的无限生机。

勤学,学无止境,故不耻下问,不吝赐教;
博学,学海无涯,故学而不厌,诲人不倦。

古人云:"学而时习之,不亦乐乎!"若漫不经心,心不在焉,其学焉能专,习焉能恒,更岂有乐乎!

励志的格言,志者最有所觉;
睿智的格言,智者最有所悟。

书香即心香,故在书香的濡染和熏陶中,其心灵的馨香和灵魂的幽香,即是出彩和美好人生的远香。

书斋,爱书人阅读其间,思考其间,创作其间,故其间书香飘逸,是爱书人心灵的憩园和精神的禅房。

大自然是一部无字天书,通读不易,穷读更难,但人类生存的认知和智悟往往离不开它的诱导和启发。正因为如此,才产生了人类对大自然的敬畏之心。

读万卷书,要用心智阅读,才会提升境界;行万里路,要与心志同行,才会开阔视野。

读不尽的是经典和美文,故读万卷书,多多益善;看不够的是奇观和妙境,故行万里路,步步惊心。

读书,既要读有字书,亦应读无字书。因为,人类的学识和见识,才能和才智,既来自书本的字里行间,亦源于社会实践和自然万象之中。

爱花的人爱逛花市,爱鸟的人爱逛鸟市,而爱书的人则爱逛书市,因为花容斗艳,鸟语争鸣,而书境妙趣横生。

诗文如锦绣山水,诗美文亦美;山水是隽秀诗文,山美水亦美。故无论诗文山水,还是山水诗文,只有用心品鉴,用情欣赏,方可陶醉其中。

一如轻风有轻风的温煦,诗情自有诗情的情趣;

一如细雨有细雨的自在,画意自有画意的意境。

品茶讲究茶韵,品的是情趣;

读书注重书境,读的是意蕴;

而边品茶边读书,品读出的情韵和意境是茶禅一味。

后　　记

　　2015 年 8 月，我的"诗意"和"哲理"随想《若有所思》新书出版，在书的《后记》中曾写道："这次，《若有所思》一书的出版，可以视为我馈赠给广大读者既能'随读'又能'随想'的一份厚礼，并希望能与广大读者继续一路同行，并每读而随有所思，每思而或有所悟……"故此，作为一种追求的承诺，又于 2017 年 12 月出版了《思露花语》新的"诗意"和"哲理"随想文集，在书的《后记》中又写道："令我感到欣慰的是，《思露花语》一书的出版不负众望，再次见证了一个思想者在远行探索的路上的坚持和不舍，当然路还在路上，梦还在梦中，只有继续一路前行，才会真正实现把短语进行到底的美梦！"也正因为如此，再次于 2019 年 11 月又出版了一本新的"诗意"和"哲理"随想文集《尔雅心语》，在书的《后记》中又曾写道:"远方,有梦光明的际遇;远方的远方,有梦灿烂的期许。我希望自己是一个"清醒的梦游者",而且只要梦在路上,就一定会见山外青山,会有景中美景……"由于如此的执着追求和不懈努力,才又于2021年底前撰写了这本最新的"诗意"和"哲理"随想文集《索思悟语》,全书共分"人生况味""修养妙悟""心灵境界""道德审视""哲理思辨""精神家园"六个部分,其仍为《北方新报》"思露花语"随想专栏文章的结集,这或许就是曾经期许的"山外青山"和"景中美景"。当然,索思源远、悟语流长的随想专栏文章,写了将近六年,先后共出四本著述,不由得心中油然生出一种欣慰:圆梦的感觉真好!

写到这里,要特别感谢资深记者兼作家、书爱家张阿泉,我的"诗意"和"哲理"随想,从文学与哲学的角度审视和研读,在张阿泉有关的书评中被定位为"巴氏短语",而且在一定程度上被学界和书界认同。诸如蒙古族诗人乌吉斯古楞曾在《游思如露,悟语似花——巴特尔先生"思露花语"随想专栏短语散评》一文中写的"'思露花语'专栏所发随想文字,曾被区内有关专家、学者冠之为'巴氏短语'……如今,'巴氏短语'已经自成一体,游思如露,悟语似花,在草原上空如一颗明星闪闪发光。"尤其让我特别感动的是,在此基础上,张阿泉对"巴氏短语"的穷思和深究,更体现在他为《若有所思》所写"序"文——《把短语进行到底》、为《思露花语》所写"序"文——《短语写作中的"细微派"》和为《尔雅心语》所写"序"文——《生长的短语》的字里行间,真可谓字斟句酌,令人感念,这次,又为《索思悟语》新书的出版写序,"序"文题为《晚年是思考的韶华》,可谓情深意厚,语重心长,启人智略。

最后,要庄重感谢的是内蒙古人民出版社,这里要特别强调的是,作为《索思悟语》的出版,它其实是《若有所思》《思露花语》《尔雅心语》三本已经先后出版的"诗意"和"哲理"随想文集的延展,这可以视为《北方新报》"思露花语"随想专栏文章结集出版的系列丛书,这在现今报业界和出版界所呈现的一种契缘实属难能可贵,而内蒙古人民出版社从始至终一直给予倾情支持,这份感动是用语言无法表达的,它应该是我生命中难以忘怀的永恒纪念。当然,同时还应再次感谢的是郭刚总编辑和责任编辑王世喜主任,他们先后为这四本系列丛书的出版不仅倾其全力，而且还精心出谋划策，可谓无私奉献，如此难得的亦师亦友情缘令人铭刻和敬畏。另外，也想借此机缘，再次对广大忠实的读者和曾经先后为我"诗意"和"哲理"随想文字写下鞭策和激励诗文的书界良师益友表示诚挚的谢意！

岁月不居，时不我待，年末岁尾之际，人生最易感怀，这使我再次想起了《随想录——一个思想者的远行》中的几段话：

我喜欢把散文当诗写，有时候也喜欢把诗写成散文的样子——这就是我想赋予我的随想的风格。

我的随想，是我生活的况味、人生的感悟和生命的体验，也是我生命独具的形式和人生沉思的独语。

随想写到最后，拼的不是语言，而是思想，思想的诚实，思想的深刻，思想的智慧。我写随想，总想简约一点，美丽一点，意外一点。

人生就是一次寻找，寻找当然离不开思考，而

索思悟语

随想便是我的生命轨迹和精神家园。

诗与随想,是我的宗教:它们演绎我的灵魂,它们诠释我的人生。

人生有梦,我的诗与随想便是灵魂梦境的感受和参悟。

故此,人生筑梦、圆梦,永远在新的起跑线上,同时,生命短暂,耐不住老,也来不及老,所以,我愿以《若有所思》《思露花语》《尔雅心语》《索思悟语》"诗意"和"哲理"随想系列丛书的相继出版自勉,并再次省志:前路漫漫,我将继续求索,一定不负众望,再发力,再出行,再开创出一片新的创作天地。

二〇二一年十一月九日初稿,十一月十九日
定稿于秋实斋